일제강점기 한국의 중국 현대 여성 문학의 수용과 평론

일제강점기 한국의 중국 현대 여성 문학의 수용과 평론

경인문화사

머리말

최근에 일제강점기 한국의 중국 현대 문학 수용에 대한 연구가 한, 중 양국의 학자들의 주목을 받게 되면서 관련 연구의 중요한 내용인 중국 현대 여성 작가에 대한 연구와 1920~1930년대 한국 문단의 중국 현대 여성 작가에 대한 인식 또한 학계의 관심분야로 떠오르기 시작했다. 하지만 자료와 언어의 한계 때문에 일제강점기 한국의 중국 현대 여류 작가들에 대한 인식 연구는 여전히 큰 발전을 이룩하지 못했다. 그 중에서도 문학비평 분야의 연구는 새로운 자료 발굴에 대한 연구와 문학 텍스트 연구에 비하면 적은 편이다. 게다가 당시 한국 문단에서 소외되었던 여성 문학에 대한 연구, 특히 여성 문학에 대한 비평연구는 더 적다.

이러한 상황에 비추어 필자는 일제강점기 한국을 시대 배경으로 한국의 작가와 번역가 비평가를 중심으로 실증자료를 발굴하고 정리하였다. 이에 근거하여 소설, 산문, 시, 희곡 등 다양한 분야에서 중국 현대 여성 작가의 작품이 한국에 전파된 양상에 대해 살피고, 번역자의 사상적 경향과 창작적 특징에 근거하여 당시 한국 문단에 번역, 소개하는 과정에서의 인식적 차이를 분석함으로써 한국 문단이 중국 현대 여성들의 작품을 수용하는 과정에서 보여준 특징 및 문학적인 의의를 밝히는데 치중했다.

필자는 한국사데이터베이스와 한국역사정보통합시스템에 수록된 한국 근대 문학지, 국립중앙도서관, 동아일보 아카이브의 자료와 『정래동전집』, 『양백화전집』 등 당시 한국 문인들의 작품집에 수록된 문장에 근거하여 관련 자료를 정리하였다. 이 자료에 나타나는 중국 현대 여성 작가에 대한 묘사는 비교적 단편적이며 풍부하지 않았다. 하지만 자료들 속에서 필자는 많은 새로운 내용들을 정리할 수 있었다. 이를테면, 한국 문인들이 중국 현대 여성 작가들에 관심을 갖게 된 이유와 주된 관심사를 알게 되었고, 이들에게 부여한 독특한 감정과 문화적 의미를 비평문을 통해 느끼게 되었으며, 일제강점기 한국의 역사, 문화, 현실과의 연계 속에서 진행된 자아반성을 알게 되었다.

필자는 이 책이 당시 중한 양국의 여성 문학의 발전사, 그리고 동아시아 근대문학에서 여성작가의 지위와 여성문학의 사회적 영향에 대한 이해를 위해 조금이나마 도움이 될 수 있기 바란다. 또한 앞으로 역외(域外) 문헌 속의 중국 여성에 관한 논의를 지속하고, 나아가 동아시아의 시각에서 중국 여성 문학의 존재양상을 고찰함으로써 근대 중국 여성 사회의 삶의 모습과 역사의 '기억'을 재현하는 작업에 전념하고자 한다.

이 글은 필자의 은사인 성균관대학교 임우경 교수님의 가르침이 있었기에 가능했다. 임우경 교수님은 박학다식과 겸손한 삶의 태도가 몸에 배이신 분이다. 또한 학문에 대한 진지한 태도와 제자들에 대한 너그러운 사랑은 언제나 변함이 없었다. 갑작스런 코로나 19로 인해 자료 수집이 어렵게 되자 은사님은 직접 우편으로 소중한 자료들을 보내주셨고, 친필로 써 주신 격려의 글이 지금도 눈앞에 생생하다. 이 자리를 빌어 아낌없는 사랑을 베풀어주시고 학문의 길을 열어주신 은사님께 감사의 인사를 올린다.

코로나19라는 생각지도 못했던 시련을 함께 견뎌왔던 '임화제'의 동문들이 눈 앞에 선하다. 우리는 같은 스승을 모시고 동문수학했던 선후배로, 이들과 함께 했던 순간들은 내 마음 속에서 가장 아름답고 소중한 추억으로 남게 될 것이다.

이 또한 필자가 2022년 대학원 졸업 논문을 다시 정리하여 출판하기로 마음 먹게 된 이유이다. 비록 성숙되지 못하고 유치하기 그지없는 글이지만 7년이라는 유학생활을 마무리 한다는 의미에서 출판하기로 결정하였다. 이 또한 필자처럼 앳된 젊은 학자들이 용기를 내어 학문의 길을 꿋꿋이 걸어갈 수 있도록 하는데 자그마한 격려가 될 수 있기 바란다. 마지막으로

이 글이 출판될 수 있도록 많은 도움을 주신 경인문화사 한정희 사장님과
관계자분들께 진심어린 감사를 전한다.

2024년 6월20일

상경(常景)

8

목차

머리말 · 5
목차 · 8

제1절 연구목적과 방법론 · 11

1. 연구목적 ………………………………………………………………… 11
2. 연구 방법론 ……………………………………………………………… 14

제2절 20세기 한국의 중국 현대 여성 문학 수용과 연구 동향 · 20

제3절 중국 현대 여성 문학의 장르별 한국어 번역과 양상 · 31

1. 중국 여성 작가 작품 번역의 양상 ……………………………………… 31
2. 소설, 신여성 노라이야기와 현대 중국 ………………………………… 35
3. 시가, 백화문 소시(小詩)의 현대성 …………………………………… 50
4. 산문, 신여성으로서 여성 작가의 삶과 창작 경험 …………………… 58

제4절 중국 현대 여성 문학에 대한 한국인의 평론 · 65

1. 중국 현대 여성 문학 평론의 흐름 ……………………………………… 65
2. 정래동의 중국 현대 여성 문학 평론과 문학관 ……………………… 76
   1) 정래동의 중국 현대 여성 문학 소개와 평론 ……………………… 77
   2) 정래동의 문학관 ……………………………………………………… 88

3. 사회주의 계열의 혁명문학관과 평론 ······················· 101
   1) 김태준의 혁명지향 ··································· 101
   2) 김광주와 이달의 중국 평론 번역 ···················· 107
   3) 박승극이 본 중국 여성과 근대 ······················ 132
4. 중국 현대 여성 문학 평론의 특징과 의미 ·················· 141

제5절 맺음말 · 154

참고문헌 · 157
부록 · 161
中文摘要 殖民地朝鮮的中國現代女性文學接受研究 · 165

표 목차

〈표-1〉 일제강점기 한국에서 번역된 중국 현대 여성 문학 목록 ·················· 31

〈표-2〉 소설 ·· 36

〈표-3〉 시가 ·· 51

〈표-4〉 산문 ·· 58

〈표-5〉 정래동 중국여성 관련 글 ··· 60

〈표-6〉 중국 여성 작가 전문 소개 및 평론 ························· 65

〈표-7〉 여성 작가 작품에 대해 부분적으로 언급한 글 ··········· 66

〈표-8〉 연도별 발표 현황 ··· 69

〈표-9〉 저자별 발표현황 ··· 70

〈표-10〉 매체별 발표현황 ··· 71

〈표-11〉 중국 현대 여성 작가 언급 빈도수 ······················· 72

〈표-12〉 평론에 거론된 중국 여성 작가의 작품 및 작품집 ······· 74

〈표-13〉 정래동이 전문적으로 중국 현대 여성 작가를 소개하고 평론한 글 76

〈표-14〉 정래동이 중국 현대 여성 작가를 언급한 글 ················· 76

〈표 15〉「新興中國文壇에 活躍하는 重要作家」과 『現代中國文學作家』에 소개된
작가의 명단 비교 ·· 102

제1절 연구목적과 방법론

1. 연구목적

19세기 무렵부터 동아시아 국가들은 서구의 충격을 받은 뒤 봉건사회로부터 근대 사회로 이행하는 과정을 겪었다. 그중에서 일본은 탈아입구(脫亞入歐)의 기치를 내걸고, 서구 근대 문명을 번역함으로써 동아시아에서 가장 먼저 문명개화를 일궈낼 수 있었다.[1] 중국과 일제강점기 한국의 지식인들도 모두 서양으로 관심을 돌렸고 서구 문화에서 국가의 출로를 찾기 위하여 많은 사색과 노력을 기울였다. 그로 인해 일제강점기 한국에서는 중국 문화의 영향이 점차 줄어들게 되었고 중국 문학에 대한 수용 또한 미약해졌다. 그런데도 1920년대 이후에는 중국 관련 유학 담론이 급증하게 되는데 그 이유는 3·1 독립운동 이후 중국은 지리적인 면에서 망명지의 역할과 서구 유학의 중간 지점의 역할, 1920년대 사회주의 운동을 위한 공간으로서의 의미 등에 따라 유학 담론이 활발히 전개되었기 때문이다.[2] 1915년부터 시작된, 중국의 사상혁명과 문학혁명을 이끈 신문화운동이 재중 한인 유학생들의 관심을 끌었다. "이들에게 가장 큰 영향을 준 것은 문학혁명으로, 해외 유학 출신의 지식인들에 의해 수용·확산된 서양의 문학 이론과 문학사조 및 신사상이 그 핵심 내용이었다. 5·4운동 전후로 백화문에 의한 신문학 탄생·희곡·소설·산문·보고문학 등 각종 문학 장르를 통한 현실 자각과 계몽은 조국의 독립을 갈망하고 근대 학문·사상을 습득하려던 한인

---

[1] 김욱동, 『번역과 한국의 근대』, 소명출판사, 2012. p.6.
[2] 김경남, 「근대 유학생 담론의 지형 변화와 1920년대 중국 유학 담론 분석」, 『한중인문학연구』제66집, 2020. p.176.

지식인들의 길잡이가 되었다."[3] 한국 지식인들은 중국 현대문학의 번역 및 소개를 통해 한국 문학의 방향 설정에 참고가 되고자 했다.

1910~1920년대 일제강점기 한국에는 국권피탈과 삼일운동 전후를 기점으로 서양의 개인주의, 민족주의 등의 사상이 유입되었으나 자주적 근대화에 실패하였을 뿐만 아니라 정치적인 주권마저 상실하고 말았다. 그리하여 민족, 계몽과 같은 공적인 담론은 급속히 후퇴하고 대신 가족, 결혼, 사랑과 같은 사적인 영역은 근대화를 실현하기 위해 공적으로 조직되어야 할 대상으로 새롭게 주목받았다.[4] 이러한 시대적 상황에서 여성 문제는 중요한 사회문제로 대두되었고 많은 지식인이 관심을 두는 영역으로 떠오르게 되었다. 따라서 여성 문제는 근대 계몽기 문학에서도 하나의 주제로 등장하였으며, 양백화(梁白華, 1889~1944), 정래동(丁來東, 1903~1985)으로 대표되는 번역가들에 의해 외국의 여성 문학이 한국에 번역되기도 했다. 이를테면 1921년 1월 양백화와 박계강이 『매일신보』에 입센의 『인형의 집』을 「인형의 가(家)」라는 표제로 1921년 1월 25일~4월 3일까지 60회에 나누어 번역하였는데, 이는 노라 열풍에 결정적인 계기를 제공했다. 그 뒤에는 여성 주인공을 내세운 중국 희곡에 관심을 보이기 시작했고, 특히 중국 5·4 운동 시기의 "노라" 극을 집중적으로 번역했다.[5] 정래동도 1920년대 초부터 1930년대 말까지 중국 현대 여성 작가 및 여성 문제에 대한 21여 편의 논평 및 소개하는 문장을 발표하였으며 자유연애나 여성 해방을 다룬 슝포시(熊佛西, 1900~1965)의 「모델(模特)」[6], 딩시린(丁西林, 1893~1974)의 「벌(一只螞

---

3) 이재령, 「20세기 초반 在中留學生 丁來東의 신문학 인식과 전파」, 『歷史學硏究』 제82집, 2021. pp.337-338.

4) 이승희, 「희곡의 탄생과 근대적 풍경」, 『병자삼인 외: 초기 근대희곡』, 범우사, 2005, p.345.

5) 전려원, 「양건식의 중국 희곡 번역과 노라 다시 쓰기 연구」, 성균관대학교 석사학위논문, 2021. p.2.

蜂)」[7]과 같은 작품을 번역하여 게재하였다. 이를 통해 이미 양백화, 정래동과 같은 번역가들이 중국 신문학운동과 더불어 생기기 시작한 여성 문제를 다룬 문학에 많은 관심을 두고 있었던 것을 추측할 수 있다.

한편 비슷한 시기 중국에서는 5·4 신문화운동을 기점으로 여성 작가들의 활동이 활발하게 진행되고 있었다. '인간해방'은 신문화운동의 가장 근본적이고 중요한 목표 중의 하나가 됨으로써 사람들은 인간의 가치와 개성의 존중을 주장하게 되었다.[8] 이 중에서 여성 문제는 가장 오래된 역사적인 문제로서 5.4 운동의 핵심 문제로 대두되었다. 이러한 사회적 배경은 여성 작가들로 하여금 봉건 혼인에 불만을 품고 규방(閨房)을 뛰쳐나올 수 있도록 해주었으며, 남성 작가들이 간과하기 쉬운 여성 문제를 직접적이고 세밀한 필치로 표현하는 창작 주체가 될 수 있도록 해주었다. 이 과정에서 빙신(氷心, 1900~1999), 딩링(丁玲, 1904~1986), 루인(盧隱, 1898~1934), 천헝저(陳衡哲, 1890~1976), 펑위안쥔(馮沅君, 1900~1974), 링수화(凌叔華, 1900~1990), 바이웨이(白薇, 1893~1987) 등 중국 현대문학에 큰 영향을 미쳤던 여성 작가들이 탄생하게 되었다. 이들은 '여성해방'을 숙명으로 삼고 여성이 완벽한 인간으로서 추구할 수 있는 당연한 권리와 가치를 세상에 알리기 위해 노력했다.

중국 여성들은 반식민지 상태인 중국 사회에서 살면서 가부장제·남권 사상에 짓눌린 채 살고 있었다. 이들의 삶과 그 고민을 작품에 담은 중국 여성 작가들에 대한 한국 지식인들의 관심은 매우 컸다. 중국 여성 작가들에 대한 그들의 관심은 유사한 민족적 위기와 사회적 곤경에서 촉발된 것이었다. 당시 중국에서 일어나기 시작한 여성 해방의 함성은 과거의 봉건

---

6) 정래동, 「모델」, 『丁來東全集III·創作·翻譯篇』, 금강출판사, 1971. pp.344-367.

7) 정래동, 「벌」, 『丁來東全集III·創作·翻譯篇』, 금강출판사, 1971. pp.314-343.

8) 김상원, 『중국의 문화변동과 현대문학』, 학고방, 2006, p.165.

사상에서 벗어나 여성들로 하여금 개인의 독립성, 자주성, 사회적 기본권리의 중요성을 자각하게 만드는 움직임이었기에 한국 문인들의 관심을 끌기에 충분했다. 하여 이들은 중국 현대 여성 문인들과 이들의 작품을 자국 독자들에게 알리고자 노력했다. 당시 대표적인 번역가들로는 양백화, 정래동, 김광주, 김태준을 들 수 있다. 이들의 중국 현대 여성 작가에 대해 소개한 글은 당시 한국 문단의 중국 현대 여성 문학에 대한 연구의 시초라고 할 수 있다.

따라서 본 연구는 일제강점기 한국 문단이 중국 현대 여성 작가와 이들의 문학에 대한 수용양상에 대해 총체적으로 정리하고 연구하는 데 그 목적을 두고자 한다. 이는 당시 한국 문학에서 한중 양국의 여성 작가에 대한 논의를 새로운 관점에서 제시할 수 있다는 점에서 학문적 가치가 체현된다고 할 수 있다. 이러한 연구목적을 달성하기 위해 논문에서는 실증적 자료와 선행연구들을 검토하여 당시에 번역, 소개된 중국 현대 여성 작가의 작품을 장르별로 정리하고 번역가들의 사상적 경향과 창작특징에 따라 번역 소개하는 과정에서 어떤 시각으로 해당 작품들을 인식하였으며 어떻게 수용하고 있는지에 대해 살펴본 후, 그동안 학계의 주목을 많이 받지 못하고 있던 일제강점기 한국 문단의 중국 현대 여성 작가와 그 작품에 대한 수용과정의 전반적인 양상을 정리하고자 한다.

2. 연구 방법론

한국의 중국 여성 작가들에 대한 연구는 주로 1980년대 이후에 본격적으로 이루어졌다. 그리고 연구대상은 주로 단일 작가 혹은 단일 작품에 대한 수용에 집중되는 양상을 보인다. 따라서 본고는 한국의 1세대 중국 현

대문학 연구자로 칭하는 양백화, 김광주, 정래동, 김태준 등의 번역 작품과
평론을 연구 대상으로 선정하고 그간 관심의 대상에서 벗어나 있던 일제강
점기 한국에서 중국 현대 여성 문학을 어떻게 수용했는지에 대해 집중적으
로 다루고자 한다.

　여기서 짚고 넘어가야 할 부분은 일제강점기 한국 문단의 언어적 환경
이다. 일본의 식민통치는 문화적인 측면에서도 나타난 바 당시 일제강점기
한국 문인들은 일본어를 유창하게 구사할 수 있었을 뿐만 아니라 일제 교
육을 받은 상당수의 식자층 독자 역시 일본어 열독에 큰 불편함이 없었다.
총동원체제로 진입한 후 심지어 일부 문인들은 일본어로 창작하거나 평론
을 하기도 하였다. 일제강점기 아래 이와 같은 언어 환경 속에서 중국 현
대 문학 역시 일본어로 번역된 텍스트를 통해 접하는 경우도 적지 않았다.
1936년 7월 1일, 경성제국대학 교수 가라시마 다케시(辛島驍)가 『조선급만
주』 제344호에 게재한 「現代支那の小說·丁玲の「母親」」은 딩링의 소설 『모친
(母親)』의 줄거리를 일본어로 번역한 판본의 요약[9]이나 1940년에 단행본으
로 묶여 출판된 『여류작가집(女流作家集)』이 그 좋은 예이다. 특히 후자에
는 빙신, 딩링, 루인, 링수화, 펑위안쥔, 샤오훙 등을 비롯한 중국 여성 작
가 6인의 작품 10편이 수록되어 있다.[10] 그중 딩링의 「그가 떠난 후(他走後)」
한 편만 한국어로 번역되어 잡지에 소개된 적이 있을 뿐, 나머지 9편은 한
국어로 번역된 적 없는 작품들이다. 『여류작가집』은 1940년 동성사(東成社)

---

9)　이 글은 "大西貝先生"에 의거하여 원작을 간략화한 것이다. 가라시마 다케시
　　는 『母親』 원문이 236쪽이나 되어 원문을 자세히 읽을 기회가 없었다고 밝
　　힌 바 있다. "一九三三年上海良友圖書公司刊 二百三十六頁。今この梗概は、井上君の
　　殆んご翻譯に近い勞作から更に大西貝君がそれを手頃に短かめたものを借りた。私自
　　身は未だ細讀の機會をもつてゐない。"辛島驍, 「現代支那の小說·丁玲の「母親」」, 『조선급
　　만주』 제344호, 1936.7.1.

10)　『여류작가집』(東成社, 1940)

에서 출간된 『현대지나문학전집(現代支那文學全集)』11) 12권 중 제9권으로,
일본에서 기획되고 일본인이 번역하여 일본에서 출판되었지만 일제강점기
한국에서도 동시에 유통되었다. 이들 일본어로 번역된 텍스트 역시 일제강
점기 한국의 중국 여성 문학 수용의 중요한 경로임은 분명하지만, 이는 일
본이라는 또 다른 사회적 맥락의 산물이기도 하다는 점에서 따로 분석될
필요가 있다. 그러나 여러 한계상 이 문제는 차후의 연구과제로 남기고 본

원작	원작가	제목	번역자
「第一次宴會」	氷心	「最初の晩餐會」	奧野信太郎
「或人的悲哀」	盧隱	「悲しみの記」	奧野信太郎
「松子」	丁玲	「松子」	奧野信太郎
「千代子」	凌叔華	「千代子」	武田泰淳
「他走後」	丁玲	「去りし後」	武田泰淳
「家庭以外的人」	蕭紅	「家庭以外の人」	武田泰淳
「旅行」	馮沅君	「旅行」	猪俣庄八
「慈母」	馮沅君	「慈母」	猪俣庄八
「山中雜記」	氷心	「山中雜記」	猪俣庄八
「兩個家庭」	氷心	「二つの家庭」	猪俣庄八

11) 『현대지나문학전집』(총12권, 東成社, 1940):
　　제1권 『創造十年』 郭沫若 저, 猪俣庄八 역,
　　제2권 『沈倫』 郁達夫 저, 岡崎俊夫 역,
　　제3권 『虹』 茅盾 저, 武田泰淳 역,
　　제4권 『愛すればこそ』 蕭軍 저, 小田岳夫, 武田泰淳 역,
　　제5권 『新月』 老舍 등 저, 奧野信太郎 역,
　　제6권 『新生』 巴金 저, 飯村聯東 역,
　　제7권 『清明節』 張天翼 저, 增田涉 역,
　　제8권 『八駿圖』 沈從文 저, 奧野信太郎 역,
　　제9권 『女流作家集』 奧野信太郎 武田泰淳 猪俣庄八 역,
　　제10권 『隨筆集』 魯迅 등 저, 增田涉 松枝茂夫 岡崎俊夫등 역,
　　제11권 『詩·戲曲集』 (詩)佐藤春夫 역, (戲曲) 村上知行 山上正義 역,
　　제12권 『文芸論集』 周作人 등 저, 松枝茂夫 등 역.

고의 분석은 한국어로 번역 또는 소개된 사례로 한정하고자 한다.

이를 위해 본고는 『丁來東全集Ⅰ·學術論文篇』[12], 『丁來東全集Ⅱ·評論篇』[13], 『일제강점기 한·중 지식 교류의 실천적 사례로 본 김광주 작품집(한글편)』[14], 『梁白華文集1』[15]에 수록된 작품을 텍스트로 선정하고 그 외에 새로운 자료들을 추가하고자 한다.[16] 관련 자료들을 정리해보면 지금까지 확인된 일제강점기 한국에서의 중국 여성 문학에 관한 번역과 평론은 총 53편에 달한다. 이 가운데에서 한국에서 번역된 중국 여성 작가의 작품은 총 6편이며, 부분 번역된 작품은 7편이다. 또한 한국 문단에 발표된 현대 여성 작가와 그 작품에 대해 소개하고 평론한 문장은 40편에 달하며, 이 중 여성 작가에 대한 전문적인 평론문은 12편이며 문단 전체의 상황이나 개별 남성 작가, 작품이나 유파를 설명하면서 여성 작가를 언급한 것은 28편이다. 이 중에는 여성 작가와 그의 작품 제목과 내용을 간략하게 서술한 글이 있는가 하면 주로 중국 현대 문학 상황이나 남성 작가를 소개한 내용에 부분적으로 언급되어 간략한 방식으로 소개하는 글들도 포함되어 있다. 해당 문장들을 텍스트로 정한 이유는 이러한 문장들이 중국 현대 여성 작가를 알리는 데에 상당한 기여를 할 수 있었기 때문이다.

위와 같은 자료를 토대로, 본 고는 일제강점기 한국에서 발표된 중국 현대 여성 문학 번역과 소개 및 평론의 전반적 상황을 정리하고 그 특징을 일별하고자 한다. 우선 본문의 제2절에서는 일제강점기 이후 1980년대까지

---

12) 정래동, 『丁來東全集Ⅰ·學術論文篇』, 금강출판사, 1971.

13) 정래동, 『丁來東全集Ⅱ·評論篇』, 금강출판사, 1971.

14) 김광주 저, 김경남 편, 『일제강점기 한·중 지식 교류의 실천적 사례로 본 김광주 작품집(한글편)』, 안나푸르나, 2020.

15) 박재연, 김영복편, 『양백화문집1』, 지양사, 1988.

16) 한국사데이터베이스와 한국역사정보통합시스템의 한국 근 현대 잡지, 국립중앙도서관, 동아일보 아카이브 등을 이용하여 자료를 새로 수집하여 정리하였다.

한국에서 이루어진 중국 현대 여성 문학 관련 연구 동향을 정리하였다.

제3절은 중국 현대 여성 문학의 한국어 번역과 양상에 대해 논의하고자 한다. 주로 중국 현대 여성 작가의 작품을 장르별로 나누어 번역된 작품의 목록을 정리하고 장르별로 어떤 작품에 중점을 두었는지 그 양상에 대해 살펴보고자 한다. 중국 현대 여성 작가의 작품 번역은 그 양이 많지는 않지만 크게 소설, 시, 산문으로 나누어 볼 수 있다. 소설의 경우, 신여성 노라이야기와 소설의 현대성에 관심을 두었으며 소설 번역을 진행하였다. 시가의 경우를 보면 빙신의 백화문 소시(小詩)집인 『춘수(春水)』와 『번성(繁星)』에 실린 작품을 번역 및 소개한 것에 치중되었다. 산문의 경우, 대부분 번역은 신여성으로서의 여성 작가의 삶과 이들의 창작 경험을 중심으로 다루어졌으며 시대적으로는 1930년대 초반에 집중되었다. 논문에서는 이들을 중심으로 번역자들의 번역 양상에 대해 논의를 진행하고자 한다.

제4절에서는 중국 현대 여성 문학에 대한 한국인의 평론이 어떻게 이루어졌는지 정리하고 분석한다. 먼저 중국 현대 여성 문학을 소개하고 평론한 문장들에 대한 전반적인 흐름을 살펴보고, 해당 통계 그래프를 가지고 전반적인 상황을 살펴보았다. 평론가의 평론을 살펴보면 압도적인 기여를 한 것은 정래동이다. 그런 점에서 본론의 상당 부분은 정래동의 중국 현대 여성 문학에 대한 평론과 그의 문학관을 중심으로 살펴보았다. 특히 정래동의 중국 현대문학에 대한 이해, 신여성에 대한 상상 및 계급과 혁명에 대한 인식이 그의 중국 현대여성 작가에 대한 평론에 어떤 영향을 미쳤는지를 중심으로 살펴보았으며, 중국 현대여성 작가와 작품에 대한 평가는 주로 빙신의 시, 딩링의 소설, 바이웨이의 희곡으로 나누어 고찰하였다. 다음으로 한국 문단의 사회주의 계열 중에서 혁명문학을 지향했던 김태준의 문학혁명의 '완전한 승리'에 대한 주장과 빙신과 바이웨이에 대한 인식, 독립운동가인 김광주와 이달이 모두 중국의 사회주의자 문학평론가 허위보의

동일 평론집을 번역한 사실을 다루고, 그들이 현실 비판의식과 투쟁정신, 그리고 문학의 사회적 역할을 강조하고자 했음을 살펴보았다. 마지막으로 정래동과는 달리 딩링을 높이 평가에 관심을 가지고 그 외에 사회주의자 박승극의 딩링에 대한 집중적인 조명에 관심을 두고 딩링을 중심으로 살펴보았다. 이 절의 마지막에는 앞서 정리한 내용을 바탕으로 일제강점기 한국 문단의 중국 현대 여성 문학 평론의 특징에 대해 정리하였다. 구체적인 수용 과정을 통해 이루고자 했던 당시 번역자들의 목적의식에 대한 설명과 더불어 이러한 과정이 어떤 의미를 띠고 있는지에 대해 분석하였다. 이를 위해 주로 빙신과 딩링에 대해 어떻게 평가가 갈리는지를 중심으로 살펴보았다. 그리고 당시 한국의 지식인들은 작품 속의 여성 의식과 여성으로서의 생존 체험보다는 민족의 독립과 현대화 및 진보에 대해 더 큰 관심이 있었음을 강조하고자 한다.

제2절 20세기 한국의 중국 현대 여성 문학 수용 연구 동향

1920~1930년대 한국 문학 연구는 일제강점기의 한국 문학 연구에서 가장 많이 진행되었다고 할 수 있다. 하지만 당시 한국 문단의 중국 현대 여성 문학 수용에 관련한 연구는 일정한 성과를 거두긴 했으나 기타 연구에 비해 많은 편이 아니다. 기존 연구는 주로 여성 문학을 포함한 전반적인 중국 현대문학에 대한 당대 한국문학의 수용 연구, 당대 번역가들의 번역 양상 또는 전반 번역문학 연구에 치중된 양상을 띤다. 따라서 선행연구는 주로 기존의 연구를 중심으로 살펴보고자 한다.

첫째, 일제강점기 한국 문단의 중국 현대문학 수용 연구는 박남용·송인재·왕녕·박재연·박진영·전려원·백지운·백영길 등에 의해 진행되었다. 박남용[17]은 일제강점기의 대표적인 중국 현대희극 번역가들인 정래동·최창규·김광주의 번역을 중심으로 연구를 진행했다. 주로 당대 문학지인 『삼천리』에 수록된 이들의 번역작품을 텍스트로 연구를 진행하였으며, 해당 작품들에 대한 분석을 통해 이들이 주로 번역한 작품은 5·4 신문화운동 시기 반봉건 반제 의식을 다룬 작품이 주를 이루었다고 보았다. 이 번역가들은 작품 번역을 통해 혼란한 사회상, 여성 해방, 자유 결혼, 개성의 해방, 군벌의 횡포, 각성하는 대중의 모습을 통한 반봉건의 혁명사상을 당시 한국 문단에 소개하는 것에 치중하고 있다고 보았다. 비슷한 맥락에서 송인재[18]는

---

17) 박남용, 임혜순, 「일제 시기 중국 현대희극의 국내번역과 그 특징 연구」, 『중국학연구』 제50집, 중국학연구회, 2009, pp.429-459.

18) 송인재, 「1920, 30년대 한국 지식인의 중국 신문화운동 수용 -양건식, 정래동, 김태준의 경우-」, 『동아시아문화연구』 제63집, 한양대학교 동아시아문학연구소, 2015. pp.71-97.

중국 신문화운동이 1920~1930년대 한국에서 수용되는 양상을 고찰하였다. 그는 이 시기 한국 문단의 중국 신문화운동 수용이 당시 한국의 시대적 과제에 부응하기 위한 하나의 매개라고 보았다. 특히 이 네트워크 안에서 중국의 문학 담론과 창작물이 근대 한국의 시대적 과제에 대처하는 계기로 작동하고 있었음을 지적하고 있다. 이들은 일제강점기 중국 현대소설 및 현대희곡의 한국어 번역과 수용의 특징을 도출하였는데, 이는 일제강점기 때 중국 현대소설과 현대희곡의 번역과 수용을 전반적으로 파악하는 데에 도움이 된다. 특히 송인재의 연구는 이 시기 한국의 중국과 중국 문학에 대한 인식을 파악하는 데에 필요한 연구이며, 동시에 중국 현대 문학의 학문적 담론이 당시 한국의 현실과 한국 학문의 형성에 어떤 의미였는지에 대해 다루고 있는 것이 특징이다.

왕녕[19]은 양백화와 정래동의 번역 활동에 작용하는 내외적 요소를 전제로 하여 그들의 번역 작품을 고찰하였다. 특히 양백화와 정래동이 번역 활동을 펼친 시기가 서로 달랐듯이 그들이 각자 당면한 시대 요청에도 차이가 있었다는 것을 지적한다. 양백화의 주요 번역 시기는 1920~1930년대 초이며, 소설 희곡을 막론하고 작가로부터 유입된 문예이론을 자신의 창작에 적용하고자 의욕적이었다. 따라서 그는 주로 작품을 번역하는 형태의 작업을 진행했다. 반면 1920년대 말부터 중국 현대 문학을 소개하기 시작한 정래동은 중국 현대 문학을 총괄적으로 소개했고, 동시에 한국에서 대두된 여러 논쟁을 의식하면서 중국 현대 문학의 동향을 전달했다. 왕녕의 이러한 연구는 양백화와 정래동의 번역 작업에 적용하는 내외적 요소를 분석하였고, 번역 작품을 바라보는 시선과 선택의 기준, 또는 번역 작업을 통해 이루고자 하는 목표를 파악하는 데 도움이 되었다.

---

19) 왕녕, 「식민지시기 중국현대문학 번역자 양백화, 정내동의 역할 및 위상」, 연세대학교 석사논문, 2013.

　　기타 연구는 주로 개별 번역 주체에 대한 연구로 귀결할 수 있다. 해당 연구 성과들은 주로 당대 번역가들인 양백화·김태준·정래동·김광주를 연구 대상으로 하고 있는데 구체적으로 살펴보면 다음과 같다. 양백화에 대한 연구는 주로 그의 중국 고전희곡 번역, 중국 현대문학의 흡수와 텍스트 실천으로 한국 근대 문학 구축에 기여한 공로가 주를 이룬다.[20] 이와 관련하여 최근에는 양백화가 번역을 통해 보여준 새로운 여성상을 연구한 자료도 찾아볼 수 있다. 박진영[21]은 양백화가 입센의 『인형의 집』을 처음으로 번역하는 동시에 백화소설, 중국의 전통극 곤곡, 문학혁명론을 통해 중국 문학을 바라보는 시각을 근대적으로 전환시켰다. 양백화가 번역한 역사극, 즉 서구 사실주의 희곡과 중국 역사극의 동시적인 번역은 동아시아의 시대 정신을 대변했다고 주장했다. 또한 그의 번역에서는 현대 유럽 여성 노라와 전근대 중국 여성 서사를 결부시킨 새로운 시각을 발견할 수 있다며, 그의 동아시아 여성에 대한 상상력을 재평가했다. 비슷한 맥락에서 전려원[22]은 1920년대 초반의 양백화는 『인형의 집』을 성공적으로 번역하면서도 여전히 신여성의 출현을 경계했다면, 1930년대 초반의 양백화는 동양 고대 여성과 서양 근대 여성이 융합된 동시대 중국 희곡의 번역을 통해 여성의 가출을 적극적으로 재평가하고 재해석하는 데에 성공했다고 주장했다. 박

---

20) 박재연, 「양백화의 중국문화 번역작품에 대한 재평가: 현대 희곡과 소설을 중심으로」, 『중국학연구』 제4집, 중국학연구회, 1988. pp.249-273; 왕철, 「백화 양건식의 번역문학 - '중국신문학운동' 번역을 중심으로」, 성균관대학교 석사학위 논문, 2010; 정선경, 「근대시기 양건식의 중국고전소설 번역 및 수용에 관하여」, 『중국어문학논집』 제73호, 2012. pp.351-377; 정선경, 「양건식의 중국신문학운동 수용과 번역의 태도」, 『중국어문학논집』 제79호, 2013. pp.417-448.

21) 박진영, 「번역된 여성, 노라와 시스(西施)의 해방」, 『민족문학사연구』 66, 민족문학사학회·민족문학사연구소, 2018. pp.327-348.

22) 전려원, 「양건식의 중국 희곡 번역과 노라 다시 쓰기 연구」, 성균관대학교 석사학위논문, 2021.

진영과 전려원은 양백화의 번역을 통해 보여준 새로운 여성상과 시대적 상상력이 무엇인지에 대한 새로운 관점을 제시하였다.

　정래동에 관한 연구는 주로 본인이 진행한 중국 현대문학 비평을 둘러싸고 그의 무정부주의적 관점에 대한 연구를 중심으로 진행되어왔다.[23] 김태준에 관한 연구는 본인의 문학사 서술을 중심으로 진행되었으며, 중국 관련 연구는 그와 루쉰(魯迅)·곽말약(郭沫若)과의 관계 및 비교연구[24], 그리고 그의 「연안행」에 대한 관련 연구[25]도 일부 진행되어왔다. 이외에 김광주와 관련된 연구를 보면 경성제국대학의 연구의 일환으로 정래동의 중국 현대문학 비평을 탐구하는 작업[26]과 함께 김광주의 중국 현대 문학 비평, 그의 상하이 체험과 문학 창작의 연구, 중국 신문학에 대한 번역소개가 주를 이룬다.[27]

---

23) 백지운, 「한국의 1세대 중국문학 연구의 두 얼굴-정내동과 이명선」, 『대동문화연구』 제68집, 성균관대학교 대동문학화연구원, 2009. pp.397-422.

24) 공상철, 「루쉰과 김태준의 '文'의식 비교 연구-『漢文學史綱要』와 『朝鮮漢 文學史』를 중심으로」, 『중국어문논역총간』 제12집, 중국어문논역학회, 2004. pp.179-205; 이용범, 「金台俊과 郭沫若」, 성균관대학교 석사학위논문, 2014.

25) 백영길, 「김태준과 동아시아 문학-중국현대문학론 및 연안행을 중심으로」, 『한림일본학』 제2집, 한림대학교 일본학연구소, 1997. pp.176-200.

26) 예를 들면 주미애의 「가라시마 다케시(辛島驍)의 경성제대시기 中國 現代文學論 연구 - 조선급만주(朝鮮及滿洲) 所在 評論을 중심으로」(성균관대학교 석사학위논문, 2017)는 식민지기 在朝일본인 경성제대 支那어문학과 교수 가라시마 다케시의 『朝鮮及滿洲』내 언설을 중심으로 그의 중국 현대문학론을 살펴보았다. 가라시마 재임기간 중에 졸업한 한국인 金台俊은 경성제대에 입학 후 '支那文學'에 대해 '사상적 변천'의 계기가 되었다는 것을 지적했다.

27) 김경남 편, 『일제 강점기 한·중 지식 교류의 실천적 사례로 본 김광주 작품집(한글편)』과 김철 외, 『김광주 문예 평론집(중국어판)』(경인문화사) 등과 같이 일제 강점기 그가 남긴 자료집이 출간된 상태이다. 이것 또한 대부분의 학자들이 연구하는 제1차 자료가 되었다. 김경남의 「일제 강점기 재중국 유학생을 통한 지식 교류와 김광주 문예 활동의 의미」는 1930년대 중국 유학 실태를 바탕으로 지식 교류 차원에서 김광주의 문예 활동이 갖는 의미를 규명하였다.

이렇게 당시 한국 문단의 중국 현대문학 수용 연구는 한국 문단의 중국 현대문학에 대한 수용과정에서 번역가 개인에 관한 연구는 상당 부분 진행되었다. 다만 이들 연구에서 주목할 지점은 일부분이기는 하지만 중국 현대 여성 문학에 대한 내용을 포함하고 있다는 것이다. 관련 내용을 정리하면 다음과 같다. 박남용[28]은 일제 강점기 중국 문학 중 현대소설의 수용 상황을 재정리하였다. 그 내용은 소개된 작가와 작품의 경향에 따라 그 특징을 도출해 낼 수 있다. 첫째, 소수의 중국 연구자들은 중국과 한국의 유사한 시대적 배경을 깨닫고 중국은 대문호의 문학사상을 받아들여 그 작품을 소개함으로써 당시 일제강점기 한국의 민족 스스로가 우매함을 깨우치고 좀 더 나은 세상을 만들어 가길 바랐다는 것이다. 둘째, 일제강점기의 번역문은 한자어의 사용이 많으며 띄어쓰기 등의 문제가 보인다는 것이다. 그리고 셋째로는 1920~1930년대 작가들이 여성 문학에 눈뜨기 시작하였다는 점을 지적한다. 박남용은 개화기에 들어와 여권의 신장이 조장됨에 따라 여성 작가들의 작품도 주목받기 시작하였으며 특히 이 시기 대표적 여류 소설 작가 딩링을 꼽을 수 있고 정래동, 김광주, 박승극 등이 딩링에 관한 글을 발표했다는 것을 언급했다.

방평[29]은 정래동의 북경 유학과 활동, 중국 현대문학에 대한 소개와 비평, 그리고 중국 현대문학 번역으로 나누어 구체적으로 정래동과 그의 중국 현대문학 연구에 대해 고찰하였다. 방평은 정래동이 북경체험 및 북경

하상일의 「근대 상해 이주 한국 문인의 상해 인식과 상해 지역 대학의 영향」은 상하이에 체류하는 한국 문인으로서 김광주의 상하이에 대한 인식을 거론하였다.

28) 박남용, 윤혜연, 「일제시기 중국 현대소설의 국내번역과 수용」, 『중국어문논역총간』 제24집, 중국어문논역학회, 2009, pp.305-325.

29) 방평, 「정래동 연구 - 중국 현대 문학의 소개와 번역을 중심으로 -」, 서강대학교 석사학위논문, 2011.

에서 아나키즘 활동에 참여한 연혁을 언급하면서 그의 아나키즘적인 시선을 지적하였다. 방평에 의하면 1920, 30년대에 중국 현대문학에서 나타나는 이색적인 특징은 중국 여성 작가와 그들의 작품이 주목받기 시작했다는 것이며, 특히 정래동은 일찍부터 여성 작가와 여성 문제에 대해 관심을 가지고 중국 여성 문학에 관한 글을 다수 발표했으며 중국 여성 작가와 그들의 작품이 한국으로 수용됨에 있어 중요한 역할을 했다고 언급했다. 그리고 해당 연구에서는 중국 여성 작가들에 대해 정래동이 작성한 소개 글 목록도 간략하게 언급하였다. 이외에도 왕염려(王艷麗)[30]는 20세기 전반기의 주요 번역자 및 관련 활동에 대하여 간략하게 정리하였다. 해당 연구에 따르면 당시 중요한 번역가로는 양백화, 정래동, 김광주, 김태준, 이명선 등이 있었다. 이들은 각자의 교육 배경과 문예관이 달라 중국 현대문학을 번역 소개할 때에도 서로 다른 태도와 방식을 취했다는 것이다. 특히 왕염려는 정래동이 당시 중국 문단에서 활약했던 여성 작가에 주목하며 지속적으로 글을 써 소개하고 평론했다는 것도 지적하였다.

박남용, 왕염려, 방평 등의 연구는 공통적으로 이 시기의 중국 문학 번역 소개의 이색적인 특징을 언급하였다. 그 특징이란 당시 한국에서 중국 여성 문학 초기의 작가들이 지속적으로 소개되었던 현상을 가리킨다. 특히 정래동의 경우 중국 여성 작가에 깊은 관심을 가지고 중국 여성 작가들을 적극적으로 소개한 인물이다. 그러나 이러한 기존의 연구들은 당시 한국의 지식인들이 중국 여성 작가를 주목한다고 언급하고만 있을 뿐, 이는 여성 작가에 대해 비평가가 가지고 있는 사상 중 일부만을 소개하고 있다. 또한, 해당 선행연구에서는 구체적으로 어떤 여성 작가가 소개되었는지, 그리고 어떤 맥락에서 한국으로 소개되었는지, 당시 한국 문단 전체가 중국 여성

---

30) 王艷麗, 「二十世紀上半期韓半島對中國現代文學的譯介」, 『한중인문학연구』 제60집, 2018. pp. 253-279.

작가를 바라보는 태도는 어떠했는지에 대해서는 구체적으로 다루지 않았다. 이러한 연구 동향을 보았을 때 일제강점기 중국 여성 작가의 수용양상을 체계적으로 정리한 연구는 부족한 편이라고 할 수 있다.

둘째, 중국 현대 여성 작가의 수용에 대한 연구로는 최진석, 왕캉닝, 강승미, 맹유(孟維), 김창호(金昌鎬), 성기숙(成箕淑)의 연구를 들 수 있다. 이 가운데 최진석[31]은 『여병자전(女兵自傳)』을 필두로 한 셰빙잉(謝冰瑩)의 자서전이 중일전쟁 시기부터 문화대혁명 직전까지 어떠한 맥락과 동기에 따라 번역되었는지를 검토함으로써 한국의 중국 근현대문학 수용사 연구에 대해 살펴보았다. 이 글은 해방기를 전후로 냉전의 이데올로기에 영향을 받은 번역 양상의 변화를 동아시아 시각으로 연구하였다는 점에서 매우 가치가 있다.

한국의 중국 여성 작가 연구사나 수용사 연구는 1980년대 이후 상황을 중심으로 진행되고 있으며, 이 중에서도 장아이링, 샤오홍, 딩링 등 유명 여성 작가들 위주로 연구가 이루고 있다. 왕캉닝[32]은 장아이링의 이중언어 소설 The Rice-Sprout Song /『앙가(秧歌)』를 중심으로 한국에서 수용·번역되는 양상을 살펴보았다. 이 연구 자료에서는 The Rice-Sprout Song과 『앙가』에 대한 수용과 번역의 양상이 한국에서 중국 문학을 수용·번역하는 상황 전반을 두고 검토해볼 때 상당히 특수하고 시사적이라고 강조하였다. 강승미는 장아이링 연구현황을 연도별, 장르별로 분석하여 연구의 양적인 측면과 함께 연구 경향을 살펴보았다. 장아이링 연구의 핵심축이 되는 소설 분

---

31) 최진석, 「근대 중국 여성의 자기서사와 1940~1960년대 한국의 중국 이해 – 셰빙잉(謝冰瑩) 자서전의 수용사를 중심으로」, 『한국근대문학연구』 제18집, 한국근대문학회, 2017, pp.73-104.

32) 왕캉닝, 「한국에서의 장아이링 문학에 대한 수용·번역 양상 연구-TheRice-Sprout Song/『秧歌』를 중심으로」, 고려대학교 석사논문, 2014.

아를 여성주의·식민주의·내러티브의 관점으로 분류하여 한국과 서구의 연구를 대조·분석함으로써 장아이링 연구의 전망과 과제를 제시했다.[33] 맹유는 한국의 장아이링 연구현황을 살펴보았고, 이를 바탕으로 한국 장아이링 연구의 미흡함과 발전 방향을 지적했다.[34] 김창호는[35] 1992년 한·중 관계가 정상화되면서 한국에서는 샤오홍과 그의 작품 연구도 어느 정도 성과를 거뒀다는 점에 주목하여 이를 정리한 연구 성과물이다. 성기숙[36]은 본 고와 유사한 제목을 취하고 있지만 성기숙의 연구 저작은 주로 1980년대 이후 한국의 중국 현대 여성 문학 연구에 대해 고찰한 자료이다. 해당 연구에서는 현재 가장 주목받는 딩링, 장아이링, 샤오홍 세 작가와 그의 작품 연구를 통해 중국 현대에 거쳐 한국 학자들의 여성 문학 연구 특징을 살펴보았다. 또한 성기숙은 1980년대 이후 여성 문학 연구가 한국 전체의 중국 현대문학 연구에서 어떤 위치를 차지했는지를 거시적으로 정리하였고, 여성 문학 연구의 특성을 귀납하여 그 급속한 발전의 원인과 현재 연구의 미흡함을 지적한 뒤, 연구의 전망과 과제를 제시했다.

　기존의 연구자들은 시기적으로 1980년대 이후의 작가 중 장아이링과 샤오홍에 집중됐다. 이처럼 단일 작가 혹은 단일 작품에 대한 수용을 검토할 경우 시기별로 나타나는 수용 측면의 변화상 자세히 살펴볼 수 있다. 그러나 기존의 연구들은 대부분 종단적인 연구에 그쳐, 당시 상황을 포괄적으로 바라보는 수평적인 시각이 부족하다. 단일 작품이나 작가 개개인을 수용하는 연구로는 당시 한국 문인들이 여성 작가에 대한 인식을 총체적으로

---

33) 강승미, 「장아이딩 연구현황 소고(小考)-국내와 서구의 대조를 중심으로-」, 『중국학논총』 42, 2013, pp.327-357.

34) 孟維, 「張愛玲硏究在韓國」, 『東亞人文學』, 제26기, 2013, pp.71-85.

35) 金昌鎬, 「蕭紅硏究在韓國」, 『呼蘭師專學報』, 제19권 제4기, 2003.

36) 成箕淑, 「韓國的中國現代女性文學硏究」, 復旦大學 碩士論文, 2009.

파악할 수가 없다. 그리고 이와 같은 개별 대상에 집중하는 방식은 1980년 대 이전부터 일어났던 여성 작가 전반에 대한 수용과정을 생략함으로 인해 이러한 수용사에서 나타나는 발전의 맥락을 담아낼 수 없다. 특히 기존 연구들에서는 일제강점기 한국의 중국 현대 여성 작가 수용에 관한 연구는 거의 이뤄지지 않은 상태였기에 한국 학계의 연구만으로는 중국 현대 여성 작가 수용에 대해서 연대기적인 파악이 어려운 상태이다. 여성 작가의 수용 과정의 개성과 공통성을 전체적으로 파악해야 5.4 시기 여성 작가의 창작이 다양한 요인에 의해 나타나는 수용적 특징을 포괄적으로 볼 수 있다.

그 외에 한국 문인들이 왜 중국 여성 작가에 대해 관심을 갖기 시작했으며, 그 관심의 목적이 무엇인지에 대한 해답으로서 빠질 수 없는 것이 『인형의 집』의 수용과 번역에 대한 연구이다. 1920~1930년대 한중 양국의 문단에서는 입센의 『인형의 집』을 번역하여 자국에 소개하는 열풍이 일어났다. 한국에서 입센은 『인형의 집』의 노라라는 인물을 중심으로 '부녀해방'의 선구자격인 작가가 되었고 한국 여성해방운동의 촉진제이자 지적 원천으로서의 역할을 했다. 『인형의 집』 수용을 살펴본 선행 연구들은 계몽담론이나 개인담론, 여성해방담론과 연관시켜서 해당 작품의 번역과 전파에 대한 상황을 검토했다.

류진희[37]는 1920~1930년대의 입센 수용을 시기별로 크게 3부분으로 구분하고 한국 근대의 입센 수용 양상과 그 의미를 살펴보았다. 류진희에 의하면 『인형의 집』에서 나타난 비판의식, 여성 해방, 개인 각성 등과 같은 문제가 당시 지식인들의 사상적 계몽 의도에 부합하였다. 따라서 '계몽'에 목소리를 높였던 20세기 초반 동아시아 지식인들에게 입센과 그의 사회문제극은 근대적 가치의 모범으로 인식되었다. 또한 그는 한국의 노라이즘은

---

37) 류진희, 「한국 근대의 입센 수용 양상과 그 의미-1920~1930년대 '인형의 집'을 중심으로」, 성균관대학교 석사논문, 2004.

기본적으로 남성에 의해 형성, 진행, 소멸되었다는 특징을 가지고 있으며 그 실체는 남성 주체에 의해 새롭게 구성된 현모양처 논의에 다름 없다고 주장한다.

둥천(鄧倩)[38]는 1910년대 후반부터 1920년대 중반까지 『인형의 집』이 한중 양국의 문학·사상적 맥락 속에서 재구성되는 과정을 검토함으로써 이 과정에서 나타난 양국 지식인의 사상적 차이를 고찰하였다. 둥천의 논의에 의하면 한국과 중국 지식인들은 대부분 입센의 사상적 측면에 주목하여 『인형의 집』을 수용하였다. 한국에서 입센은 '근대의 모든 불합리한 제도와 허위가 가득한 사회의 방폐와 죄악을 지적하고 비판한 혁명가'로 소개되어 있으며, 다른 한편으로 입센은 '근대부인문제의 수창자', '혁명여성의 발견자이며 지도자'라는 이미지로 정형화되기도 하였다. 『인형의 집』은 여성 자각의 필요성을 역설하는 사례로 활용되었고, 중국의 경우 '입센주의'라는 큰 틀에서 『인형의 집』이 번역되어 여성 문제에서 인간 문제로 확장되었다. 즉 당시 중국 사회에서 『인형의 집』은 '개인의 발견'이라는 계몽 담론과 결부되어 신문화운동의 사상적 변혁의 일환으로 수용되었다. 둥천는 이 점에 주목하여, 한중 양국 지식인들이 '노라에 대해' 말하고자 했던 것이 아니라 '노라를 통해' 그들의 근대 기획과 현실 인식을 말하고자 했다는 점을 강조한다.

딩링, 바이웨이의 경우 '노라'의 영향을 받아 「소피의 일기(莎菲女士的日記)」(딩링, 1928) 등의 소설을 발표하기도 했으며 「타출유령탑(打出幽靈塔)」(바이웨이, 1928) 등의 희곡이 탄생하기도 하였다. 이러한 작품 역시 한국 문인들에 의해 널리 소개되었다. 특히 정래동은 "왜 그네들은 안일한 가정 생활을 싫어하고, 그런 신고를 겪으며 '노라'가 되는가"[39]라는 문제도 제시

---

38) 鄧倩, 「1910~1920년대 한국과 중국에서의 『인형의 집』 수용 양상 비교」, 고려대학교 박사논문, 2017.

하기도 했다.

이상으로 당시 한국 문단이 중국 현대 문학에 대한 수용 양상에 대한 연구, 중국 현대 여성 작가와 관련된 연구 및 『인형의 집』을 둘러싸고 진행된 연구 등 세 가지 방면으로 나누어 기존 연구에 대해 살펴보았다. 기존 연구에서 해결하지 못한 당시 한국 문단이 중국 현대 여성 문학에 대한 관심과 수용 경로는 어떻게 되어 있는지, 당시 한국 문단의 『인형의 집』을 통한 중국 여성 작가에 대한 인식은 어느 정도인지, 중국 현대 여성 문학에 대한 번역은 어디까지 진행되었으며 구체적인 작품들은 당시 한국 문학의 발전에 어떤 영향을 미쳤는지 등에 대한 논의가 아직까지는 미흡하다는 것을 확인할 수 있다. 따라서 이 글에서 일제강점기 한국 지식인의 중국 현대 여성 작가 소개를 전면적 정리하고 수용 양상과 수용자의 개인적 차이에 대해 집중적으로 검토하는 것은 학술적 의미가 있다고 생각한다.

---

39) 정래동, 「中國女流作家의 創作論과 創作經驗談」, 『丁來東全集Ⅱ·評論篇』, 금강출판사, 1971. p.157.

제3절 중국 현대 여성 문학의 장르별 한국어 번역과 양상

1. 중국 여성 작가 작품 번역의 양상

현재까지 확인된 바에 따르면 1920년부터 1945년까지 25년간 한국 문단에 번역된 중국 여성 작가의 작품은 총 13편이며 각 작품의 목록은 아래와 같다.

〈표-1〉 일제강점기 한국에서 번역된 중국 현대 여성 문학 목록

장르	원작명	원작가	원문출처	발표연도	번역자	번역연도
소설	一篇小說的結局	氷心	『晨報』	1920.1.29	梁白華	1929.1
	傍晚的來客	盧隱	『文學匯刊』 5월호	1922	梁白華	1929.1
	花之寺	凌淑華	『現代評論』 제2권제48기	1925	梁白華	1929.1
					朴啓周	1940.6
	他走後	丁玲	『小說月報』 제2권제3호	1929.3.10	未詳	1940.9
시	春水	氷心	『晨報副鎸』	1922.3	丁來東	1933.8
	繁星	氷心	『晨報副鎸』	1922.1	丁來東	1933.8
					尹永春	1941.1.1
	江南月	氷心	未詳		盧子泳	1935
	哀詞	氷心	『晨報副鎸』,	1922.8.19	林學洙	1940.6.1
산문	我的文學生活	氷心	『靑年界』 제2권제3호	1932.10	丁來東	1934.9
	文藝叢談	氷心	『小說月報』 제12권제4호	1921.4	丁來東	1934.9
	我的創作生活	丁玲	『創作的經驗』, 天馬書店	1933.6	丁來東	1934.9
	創作的我見	盧隱	『小說月報』 제12권제7호	1921.7	丁來東	1934.9
	我投到文學圈裡的初衷	白薇	『我與文學』, 上海生活出版社	1934.7	丁來東	1935.7

〈표-1〉에서 언급한 문학 작품을 장르별로 나눠보면 소설 4편, 시 4편, 산문 5편이 번역되었다. 그 중 빙신(氷心)의 작품이 7편으로 가장 많고, 딩링(丁玲)이 2편, 루인(盧隱)이 2편, 바이웨이(白薇), 링수화(凌淑華)의 작품이 각각 1편씩 번역되었다. 산문을 제외하고 시와 소설은 모두 1920년대 작품이 번역되었다. 산문은 모두 여작가 본인의 창작담에 대한 번역으로 1930년대 초반에 집중적으로 번역되었다.

1917년 본격화된 신문화운동 과정에서 인간해방은 당시의 가장 근본적인 목표 중 하나였다. 해당 운동에 참여한 이들은 개인 인격의 독립성과 자주성을 인정하고 또한 존중해야 한다고 주장했으며, 이 과정에서 그들은 여성의 인격 문제에 대해 관심을 가지게 되었다. 이렇게 신문화운동 참여 주체들이 '인간 해방'에 대해 자각하게 되며 이들의 시선은 자연스럽게 '여성 해방'에까지 확장되었다. 당시 『신청년(新靑年)』에는 현대 여성들에게 독립적이고 자주적인 인격을 획득하기 위해 분투할 것을 권고하는 글들이 다수 실렸는데, 대표적으로 이대교(李大釗)의 「부녀해방(婦女解放)」, 후스(胡適)의 「정조문제(貞操問題)」, 루쉰의 「나의 절개관(我的節烈觀)」등의 글들을 대표적인 예시로 언급할 수 있다. 또한 『신청년』은 '여성문제 특별란'을 만들어 '여성문제'에 대한 광범위한 토론을 유도하기도 했다. 특히 이 잡지에서 '입센 특집호'를 발행한 것은 여성 문제와 뗄 수 없는 사건으로, 입센의 인형의 집에 등장하는 인물 노라는 '여성 해방' 문제에 대한 관심을 크게 확산시는 데에 영향을 주었기 때문이다.[40] 여성 해방에 대한 논의가 활성화되는 분위기에서 중국은 전통적인 봉건 여성과는 다른 현대 여성이 탄생하는 계기가 마련되었다.

당시 여성 해방 담론은 중요한 사회문제로 다루어졌으며, 양백화, 정래

---

40) 김상원, 「신문화운동시기 '인간'의 문학과 '여성'의 문학」, 『중국문학연구』 제23집, 한국중문학회, 2001. pp.337-342.

동으로 대표되는 한국 문인들은 중국 신문학과 여성 문제에 큰 관심을 갖고 있었다. 특히 5·4 운동 이후 신사조를 계기로 등장한 중국 현대 여성 작가들은 대부분 가정의 봉건적 결혼에 불만을 품고 있었으며 개성의 해방을 요구하거나 집을 나온 노라에 대해서 서술하였다. 그리고 중국 여성 작가들이 내놓은 여성 해방을 위한 절박한 목소리는 한국 문인들의 관심을 끌기에 충분하였다. 일제강점기 한국 지식인들의 여성 문제에 대한 관심은 중국 여성 작가들의 문학 작품으로도 이어져, 특히 빙신·딩링·루인·바이웨이·링수화 등 여성 작가의 작품을 한국어로 번역하였는데, 정래동은 1933년 10월『신가정』에 실린「중국中國의 여류작가女流作家」라는 글에서 각각 시와 소설, 산문, 희곡 등 다양한 분야에서 성과를 거둔 중국 여성 작가를 소개하면서 시단에서는 빙신, 희곡 방면에서는 바이웨이, 소설계에서는 루인, 딩링 등을 높이 평가하기도 했다.

> (一)男子의 愛情 (二)過去의 回憶 (三)靑年時代의 苦澗의 呼訴 (四)日常의 小事 등이고, 社會問題, 社會運動, 女子의 解放要求 등 내용을 가진 작품이 너무나 적다. 그 중에서 다소 주의되는 것은 盧隱 여사의 일부 小說에서 중국 부녀 해방 운동과 사회문제, 主義運動 등 내용을 엿볼 수 있는 것과 白薇 여사의 戲曲에서 중국의 變亂 곧 郭松齡의 變·上海事變 등 내용을 볼 수 있는 것이다. 또 丁玲 여사가 최근에 볼셰비즘 운동을 하다가 그 생명을 잃었다는 보도가 있으나(혹은 이 사실을 否認하기도 하여 眞相을 알 수는 없거니와), 그의 작품에서는 이렇다한 것을 볼 수가 없다.[41]

정래동은 당시 중국 여성 작가들이 선정한 작품 소재가 사회문제와 사

---

41) 정래동, 「中國의 女流作家」, 『丁來東全集I·學術論文篇』, 금강출판사, 1971, p.284. 원문은 1933년10월『신가정』제1권 제10호 처음 발표하였다.

회운동이 결핍되었다고 지적했다. 그러나 이 방면에 관심을 가졌던 바이웨이와 루인에 대해서는 상당히 긍정적으로 평가하였다. 루인에 대해서 정래동은 "여은 여사가 중국 소설계에 상당한 지위를 가지고 있는 것은 더 말할 것이 없는 바"라고 높이 평가하였으며 그녀의 「귀안(歸雁)」은 실연(失戀)·재연(再緣)을 그린 것인데, 그 묘사의 심각한 점으로는 다른 여작가가 감히 미치지 못할 바가 있다고 지적했다. 이에 대해 정래동은 「귀안」에서 사형수(死刑囚)에 대한 소감을 일절에 번역했다.

> "…… 아! 무엇이 正義이고 무엇이 人道이며, 누구는 英雄이고 누구는 또 叛逆者이겠는가! 결국은 다 自利한 결과이지, 얻은 놈이 운이 나쁘면 銃 아래의 죄수가 되고, 운이 좋으면 叛徒가 곧 偉人이 되는 것이지 ……"[42]

이 밖에도 정래동은 바이웨이의 「아이왕(爱网)」은 상당히 성공적인 작품이라 보며, "이 작품의 내용은 역시 三角戀愛에서 시작되었으나, 결국은 서로 연애의 관계를 떠나서, 同志의 관계로 社會改革의 길로 나간다는 것이 이 작품의 스토리다. 희곡에서 예리한 관찰력을 발휘한 바이웨이는 이 장편에서는 상당히 성공을 하였다"고 평가했다. 또한 희곡에서도 바이웨이의 작품의 내용과 특징을 집중 조명했으며, 희곡에 있어서도 "여작가로 희곡을 상당히 쓰는 작가를 든다면 白薇 여사를 제하고는 다시 찾아볼 수가 없을 것 같기 때문"이라며 바이웨이를 소개하면 충분하다고 생각했다. 또한, "白薇 여사는 女流로서 희곡을 쓰는 단 한 사람이지마는, 그의 작품은 상당히 일반의 주의를 끌던 것이다."라고 언급하며 높은 평가를 남겼다.

이에 대해 정래동은 바이웨이의 「임려(琳麗)」, 「타출유령탑(打出幽靈塔)」,

---

42) 정래동, 「中國의 女流作家」, 앞의 책. p.288.

「작탄여정조(炸彈與征鳥)」, 「장미주(薔薇酒)」, 「적동지(敵同志)」 5편의 작품의 대략적인 내용을 소개하면서 바이웨이의 창작 특색은 "社會問題와 劃時期的으로 일어난 중요한 事變을 잘 포착하여 戱曲化한데 있을 것이다"라고 지적했다. 예를 들어 정래동은 바이웨이의 「임려」는 중국 여성들에게 불리한 사회환경을 반영했다고 소개하였으며, 바이웨이의 「타출유령탑」과 「작탄여정조」은 내용의 급진성을 이유로 금지되었다고 소개하였다. 또 그는 「타출유령탑」이 중국의 토호열신(土豪劣紳)을 중심으로 그에게 유린당한 여러 명의 여성을 묘사하고 그를 둘러싼 사회의 흑막을 폭로한 작품임을 언급했다. 그리고 「장미주」에 대해서는 수년 전 곽송령(郭松齡)이 장쭤린(張作霖) 사건을 취재한 내용을 바탕으로 군벌 생활과 군벌의 흑막을 폭로한 작품이라고 했으며, 「적동지」는 상하이 사변 시기 노동자들을 소재로 삼아 탐정 사건과 전쟁의 내막을 묘사화한 작품이라고 소개하였다. 각 작품에 대한 소개와 평가를 바탕으로 정래동은 "중국 여류작가를 통틀어 이처럼 대담하게 사회의 흑막을 그려낸 작가는 없을 것이다."라며 감탄을 하기도 했다.

2. 소설, 신여성 노라이야기와 현대 중국

번역가 정래동은 소설 부문을 언급할 때 여성 작가의 장편과 단편소설을 소개하였으나 소설 작품에 대한 전반적 평가는 높지 않았다. 장편 소설에 대해서 정래동은 작품의 숫자가 매우 적으며, 대부분이 완전한 작품이라고 볼 수 없다고 했다. 단편소설의 경우, 작품 수가 많은 편이며 작가의 수도 많지만 대부분 대동소이하여 뛰어난 작품이 없다고 언급했다. 또한 여성 작가가 쓴 단편소설은 대부분 중류층 가정이나 상류층 가정을 배경으

로 설정하고 있으며, 작품에 등장하는 인물들 대다수가 교육을 받은 청년
남녀들로, 생활이나 소재의 범위가 가정이나 학교에서 벗어나지 못하는 점
을 지적했다. 하지만 이와 반대로 양백화는 중국 여성 작가의 소설 작품을
번역과정에서 입센의 '인형의 집'을 주로 번역 소개하면서 '노라의 형상'에
초점을 맞춤과 동시에 여성형상의 수용을 염두에 두면서 소설 번역의 중요
성을 강조했다. 이 시기 소설 번역 양상을 종합하면 다음 도표와 같다.

〈표-2〉 소설

원작	원작가	번역제목	번역자	번역출처	번역연도
一篇小說的結局	氷心	小說의 結局	梁白華	『中國短篇小說集』(開闢社)	1929.1
傍晚的來客	盧隱	초어스름에 온 손님	梁白華	상동	1929.1
花之寺	凌淑華	花之寺	梁白華	상동	1929.1
		花之寺	朴啓周	『三千里』 제12권 제6호	1940.6.1
他走後	丁玲	떠나간 後	未詳	『三千里』 제12권 제8호	1940.9.1

한국어로 번역된 중국 여성 작가 소설은 모두 4편으로 많지 않은데, 그
중 링수화의 「화지사(花之寺)」는 두 번 번역되어 번역 건수가 5건이다. 이
5건의 소설 번역은 크게 두 부분으로 나뉘는데, 하나는 1929년 양백화가 주
축이 되어 출간한 『중국단편소설집(中國短篇小說集)』에 실려 있는 3편과,
다른 하나는 1940년 『삼천리』에 게재된 작품 2편이다.

먼저 『중국단편소설집』은 1929년 1월 양백화의 주도하에 개벽사(開闢
社)[43]에서 출판되었다. 이 책은 일제강점기 한국에서 유일하게 전문적으로

---

43) 1919년 3·1운동 이후, 일제의 통치정책의 변화로 인해 한국 문단에 상대적으
로 자유로운 공간이 주어졌다. 1920년 6월 25일부터 발행하기 시작한 『開闢』은
한국 신문화운동사상 지대한 공헌을 남긴 최초의 근대적 종합잡지로 높이 평
가되고 있다. 김철은 "『開闢』은 처음부터 짙은 민주주의 색채를 지님으로써,
한국 신문학 운동의 중책을 맡았고, 지속적으로 문화혁명의 앞자리에 위치해

중국 소설을 번역하고 소개했던 소설집이라고 할 수 있다.[44] 여기에는 총 15편의 단편소설이 실려 있으며,[45] 그 중 「小說의 結局」, 「초어스름에 온 손님」, 「花之寺」가 여성 작가의 작품이다. 수록된 소설들은 주로 혼란한 사회상, 연애와 결혼의 자유 및 여성 해방처럼 시대성이 농후한 소재들을 다루고 있다. 번역자 양백화는 혁명적 문예를 통해 사회문제를 폭로하고 한국 청년들을 각성시켜 사회를 개혁하는 데 일조하고자 했음을 알 수 있다.[46]

작품 선정 기준에 대한 역자 해설에서 양백화는 수록된 작품의 대다수 원작자들은 중국 문단에서 명성 높은 거장들이며, 여기에 실린 작품들이 모두 그들의 대표작이라고 할 수는 없지만, 되도록 많은 작가들의 작품을 소개하기 위해 최대한 짧은 작품을 선택하였음을 주지시켰다. 또한 양백화는 이 작품들이 사상적으로 '혁명성'을 지녔다고 지적했으며, 혁명소설의 목적이 한국의 청년들이 작품들을 완독함으로써, 한껏 고무되어 낡고 진부

있었으며, 반일사상과 사회평등도 고취했다"라 평가했다. 開闢社는 이런 성격을 가진 출판사였다. 金哲, 『20世紀上半期中朝現代文學關系研究』, 山東大學出版社, 2013, p.63.

44) 박재연, 「양백화의 중국문화 번역작품에 대한 재평가: 현대 희곡과 소설을 중심으로」, 『중국학연구』 제4권, 중국학연구회, 1988. pp.249-273.

45) 「頭髮이야기」(魯迅), 「阿蘭의 母親」(楊振聲), 「範圍內에서」(吳鏡心), 「깨끗한 봉투」(馮文炳), 「서울의共和」(蒲伯英), 「光明」(南庶熙), 「兩封回信」(葉紹鈞), 「離婚한 後」(馮叔鸞), 「民不聊死」(陳大悲), 「船上」(徐志摩), 「小說의 結局」(氷心), 「내 아내의 남편」(何心冷), 「초어스름에 온 손 님」(盧隱), 「口約三章」(許欽文), 「花之寺」(凌叔華) 총 15편의 단편소설이 실려 있다.

46) 양백화의 번역에서 주목할 부분은 여성 3인칭 대명사에 특별한 처리 방법이다. "나는 우리 글 중에 3인칭 대명사가 성별로 간단히 쓰이게 된 것이 없음을 많이 불편으로 여긴 때가 종종 있으므로 여기에서 '으'자를 여성의 3인칭 대명사로 하여 한 자를 새로 넣고 '그'자는 남성 대명사로 쓰게 되었다." 양백화, 『양백화문집1』, 지양사, 1988. p.166.

한 생활에서 벗어날 수 있는 용기를 생성하는 것이라 소개했다. 양백화가
쓴 원문은 아래와 같다.

> "나는 항상 이렇게 생각하였다. 남들은 어떤 것을 탐독하든지 간에 말할 것
> 없고, 우리는, 특히 우리 조선 청년들은 읽으면 피가 끓어오르고 읽고 난 뒤
> 에는 그 썩고 구린 냄새나는 생활 속에서 '에라'하고 뛰어 나올만한 원기를 돋
> 아주는 혁명적 문예를 읽어야 한다고 하였다. (중략) 한데 그동안 국내의 많
> 은 독자와 작가들은 대체로 나의 이 생각과 이 기망에서 배치해 가는 현실에
> 있는 것이 사실이다. 그러므로 나는 중국 문예작품 중에서 이상에 말한 혁명
> 적 소설을 심구하여 그것을 소개하려 하였던 것이 곧 나의 초지이다. (중략)
> 중도에서 변경한 표준은 다만 중국의 민정, 생활 상태 및 그들이 파지한 사상
> 을 현시 혹은 암시한 작품을 취하기로 하고 (중략) 나는 여전히 우리가 읽으
> 면 조금이라도 감동됨이 있을 것을 탐색하느라고 애를 무던히 썼다."47)

위의 글에서 사용된 '혁명적 문예' 혹은 '조금의 감동이라도'와 같은 표
현을 이해하기 위해, 이 소설집에 수록된 작품의 내용을 이해할 필요가 있다.
우선, 빙신의 「小說의 結局」는 '소설 속 소설' 구조를 채택했고, 주인공
가여(葭如) 여사가 소설을 두 번 창작한 과정을 서술했다. 가여가 창작한
소설은 도아(濤兒)가 군에 복무한 후 어머니가 집에서 다급하게 기다리는
이야기로, 그녀는 원래 모자 상봉의 결말을 쓰고 싶었으나, 결국 써 내려간
소설은 도아가 전쟁터에서 전사한 비극적인 결말이었다. 가여는 이러한 결
말에 불만을 느껴 원고지를 찢었다. 소설 속 도아는 어머니에게 이와 같은
편지를 보냈다.

---

47) 양백화, 「역자의 말」, 앞의 책. pp.165-166.

사랑하는 어머님! 제가 요전에 드린 여러 장 편지는 이미 하감(下鑑)하셨습니까? 저는 지금 전적(前敵)의 몸이 되어 있습니다. 총소리와 대포소리 이것은 너무도 눈에 익고 귀에 익으니 도무지 조금도 무섭지 않습니다. 사람을 죽이는 것 이것도 익숙해지니 무엇 잔인한 일 같지도 않습니다. 저 역시 여러번 남의 손에 죽을 뻔 하였습니다. 싸움을 그치고 돌아올 때에 일일이 추억하고 보면 그 저 꿈 한번 꾼 것과 마찬가지이어요. 그러나 나의 마음에 영원히 흐릿 흐릿해지지 않을 만한 것은 꼭 두 가지가 있습니다. 그것은 나는 나의 조국을 사랑한다, 나는 나의 어머님을 사랑한다하는 그것입니다. 어머님! 이 세계는 무엇을 위하여 전쟁을 하게 됩니까? 우리는 나라를 사랑하는데 어째서 전쟁을 해야 하고 사람을 죽여야 합니까? 어머님! 나팔 소리가 납니다.[48]

앞서 인용한 문장에서 「小說의 結局」는 '소설 속의 소설' 구조를 통해, 무정한 '총소리'와 '대포 소리'가 사람들의 가정과 아름다운 생활을 파괴했음을 알 수 있었다. 이 속에서 '우리는 나라를 사랑하는 데에 있어, 왜 전장에서 사람을 죽여야만 하는지'에 대해 심층적으로 고민하게 했고, 빙신이 알게 된 '애국'과 '전쟁' 사이에 존재하는 모순성을 나타냈다. 또한 빙신은 전쟁 중 목숨을 잃은 존재들을 불쌍하게 여겼다. 다른 한편으로, 빙신이 소설을 통해 표현하고자 한 것은 그 당시 잔인무도한 전쟁 시국에서 느꼈던 분노이다. 그러나 양백화가 언급한 '혁명성'은 빙신이 여기서 표현했던 전쟁에 반대하는 태도로 이해할 수 있다. 사실상 대다수의 중국 비평가들은 빙신을 해석하면서, 그녀의 작품에는 모성애, 동심, 자연 및 '사랑의 철학'을 적극적으로 드러나 있다고 평가했다. 당시 비평에서는 빙신 작품의 여성적 이미지를 분석하며 작품 속에 나타나는 여성들에게 '규수'라는 딱지를

---

48) 양백화, 「小說의 結局」, 앞의 책. pp.233-234.

붙였고, 빙신의 창작 스타일과 개성에 대해서는 대부분 '온화함', '유순함'이
라고 평가했다. 이러한 중국의 비평 상황을 살펴보면 양백화가 언급한 '혁
명성'이 비평의 잣대가 되는 경우는 실제로 많지 않았다.

두 번째, 루인의 「초어스름에 온 손님」는 '나'의 집에서 근무한 가사도
우미 장이모의 이야기를 서술했다. 장이모는 비록 어린 시절부터 친구인
유복(刘福)와 결혼을 약속했지만, 어머니는 그의 집안이 가난하다는 이유로
거절하여, 장이모를 결국 귀가 먹고 절름발이이며, 흉하고 의심스러운 남
자에게 시집을 보냈다. 결혼 3개월 후 장이모는 유복이 아프다는 소식을
전해 들었다. 그를 찾아가고 싶었지만, 송고(松姑)는 장이모를 막았고, 남편
을 증오했던 마음이 송고를 증오하는 마음으로 변하여, 장이모는 결국 분
노로 인해 송고를 살해했다. 이 소설 속 장이모의 어머니는 봉건적인 예교
(禮教)를 고집해 딸의 자유로운 연애를 금지함으로써, 장이모로 하여금 정
신적인 고통을 받게 했다. 이로써 살인이라는 극단적인 행위에 도달했고,
간접적으로 송고의 사망도 초래했다. 장이모는 '나'와의 대화에서 이와 같
이 말했다.

> "송고 그녀는 천진난만한 어린 아기였었는데 그녀의 오라버니의 추김을 들어
> 가지고 날마다 저를 따라다니며 잠시를 떨어지지 않겠지요. 제가 시집간 뒤
> 석 달만에 유복씨는 병이 들어 누웠다구 그럽디다요. 저는 꼭 한번 가서 보아
> 야 하겠다는 생각이 들었는데 송고가 저를 졸 졸 따라다니며 가지를 못하게
> 하니 저는 더욱 화가 나고 분이 일어나서 장대(張大)—저의 남편—를 미워하던
> 마음은 별안간 변하여 송고를 미워하게 됩디다요. 그래서 제가 잠시라도 자
> 유롭게 지내려면 송고를 없애 치우지 않으면 안되리라 하고 마음을 단단히
> 먹고있는데 하루는 제가 송고를 데리고 가(賈)선생 집 뒤 화원을 지나는 때
> 에, 송고가 목이 마르다고 하길래 우리는 그 화원에 물 뿌려 주느라구 파 놓

은 우물에 가서 물을 길어먹게 되자─한 뭉치 정욕이 저의 정신을 모호하게
하야 미운 생각이 뭉클하고 떠오르게 되매 힘껏 밀쳐 넣었더니 풍덩하고 떨
어져 죽고 말았어요…… !"

"그 때에 저는 송고를 꼭 저를 꽁꽁 동여맨 쇠사슬로만 알았어요. 저를 동여
매고 조금도 움직이지 못하게 했으니까. 저는 저의 목숨을 살리려구 하니 그
놈의 쇠사슬을 끊어 버리지 않고야 어찌할 도리가 있어야지요. 실상인즉 그
녀는 남이 시키는 대로 한 데 지나지 못 하는 것이었어요. 반항할 능력이 없
는 조그만 양이었어요! 아가씨! 제가 잘못했어요! 에이!"[49]

인용문에서 장이모가 말한 '사슬'이란 봉건적인 예교, 전통의 혼인 관념,
어머니와 송고의 방해를 의미하는 것을 알 수 있다. 장이모는 '사슬'이 얽
매이는 것을 느꼈고, 본능적으로 이를 돌파하고, 제거하며, 당시 상황에서
벗어나고 싶어했다. 이러한 반항 속에서 '송고'를 살해하는 비극이 발생하
는데, 이러한 문제의 근본은 전통적인 예교 사상이다. 중국의 여성은 봉건
적인 법치 제도의 속박으로 인해 가정과 사회에서 인간의 권리를 누릴 수
없었다. 이러한 소설에서 양백화는 봉건적인 예교를 반대하는 것, 그리고
가정이라는 족쇄를 부수는 일을 '혁명성'이라 여겼다.

마지막으로 링수화의 「화지사」는 한 쌍의 청년 부부 유천(幽泉)과 그의
아내 연청(燕倩)의 혼인 생활에 대해 서술한 작품이다. 아내는 다른 여자를
흉내 내 자신의 남편에게 편지를 보내고, 화지사에서 만남을 청했다. 유천
은 수많은 고민 끝에 꽃의 사찰에 가서 편지 속 여인을 만나지만, 도착한
후 그가 발견한 것은 자신의 아내였다. 이렇게 마주한 두 사람은 실없이
웃는다. 이처럼 아내가 남편의 사랑을 시험하는 이야기는 여성의 우려와

---

49) 양백화, 「초어스름에 온 손님」, 앞의 책. pp.233-234.

공포를 나타내는데, 소설의 마지막 부분에 남편과 아내의 대화가 등장한다.

> "그만 두시우, 내 말을 듣지 않을 것이야 무엇 있소. 나는 당초에 당신네 남자들의 사상은 알 수가 없습니다. 어째서 다른 여자와 연애하는 것은 재미있다구 하면서도 자기 부인에게 대한 연애는 재미없다구들 그려는지……."
> 유천은 웃으며 대답하였다.
> "나는 당최 모르겠습니다. 당신네 여자들은 종시 자기 남편을 믿지 못하여 항상 여러가지 수단으로 그를 시험하고 또 정탐해 보는 그런 심사를 알 수 없습니다."
> "유천씨, 그다지 남을 원망하지는 마셔요. 무엇 시험이나 정탐해 보느라구 그랬겠소? 내가 오늘 당신을 이렇게 나오시게 한 것은 순전히 당신으로 하여금 공기 좋은 데서 소풍이나 하시게 하여 그 보고 싶지 않은 사람 보시지 않고 듣고 싶지 않은 말 듣지도 않으시게 하느라구 그런 게지요……. 그래 나는 여기 와서 그 대자연을 찬미하고 나에게 아리따운 영혼을 주신 양반을 찬미할 만하지 못하다는 말씀이오?"[50]

위 「화지사」의 내용을 통해 젊은 부부가 혼인 생활에서 느끼는 답답함을 발견할 수 있다. 그리고 남편 유천이 익명의 사랑 편지를 받았을 때 설렜다는 사실도 알 수 있다. 전통적인 혼인과 신식 혼인 사이 가장 큰 차이점은, 남녀의 감정을 기준으로 한 상대방을 선택할 수 있는가 하는 자율성의 여부에 있다. 링수화는 이와 같은 신식 혼인의 본질을 파악했고, 위 소설 속 내용은 단지 하나의 촌극이지만, 신식 혼인에서 남성이 믿음직스럽지 못하다는 것을 보여주기도 한다. 그들은 유혹을 견디지 못하고, 신식 혼

---

50) 양백화, 「花之寺」, 앞의 책. p.262.

인의 결속력 또한 강하지 않았다. 그러나 이 작품의 '혁명성'은, 여성이 촌
극의 주체로 등장한다는 점에 있다. 작품 속 부인은 전통 관념을 과감하게
넘어섰고 진정한 의미의 남녀평등을 요구한다. 다른 한편으로는 작품에서
신여성이 신식 혼인의 본질에 대해 의심을 제기한 것으로 이해할 수 있다.
남성의 발언이 시대를 주도하던 배경에서 해당작품의 내용은 혁명적이라
고 할 수 있다. 이 시기의 문학평론가 첸싱춘(钱杏邨)는 「花之寺——關於凌
叔華創作的考察(화지사——링수화 창작에 대한 고찰)」에서 "나는 작가의 용
기에 매우 경의를 표한다."라고 언급했다.[51]

이처럼 당시 중국 여성 작가들의 사회에 대한 관심과 작품 속에 나타난
'혁명성'은 양백화가 작품을 번역하고 소개하는 기준으로 적용되었다. 양백
화가 소개한 여성 작가의 작품은 문학혁명과 사상혁명을 펼치는 한 부분으
로써 일제 치하의 현실에 대한 불만과 비판 의식을 표출하고 그의 최종적
인 목적은 한국 사회 개조하는 데에 있다.

이런 경향은 양백화의 다른 글에서도 엿 볼 수 있는데, 1921년 4월『매
일신보』에 게재한 「人形의 家에 對하여」에서 사회 개조의 첫 걸음은 부녀
해방을 통해 실현될 것임을 언급하고, 『인형의 집』을 번역한 이유와 가치
에 대해 밝혔다.

> "「인형의 가」에는 부인문제가 재료가 되었으니 부인의 해방, 부인의 독립, '부
> 인의 자각, 남녀 대등한 개인으로의 결혼연애를 기초로 한 혼습의 문제가 포
> 함된 까닭에 이 극이 단순한 예술의 힘 이외에 널리 세간을 자극한 것은 부정
> 치 못할 사실이다."[52]
>
> "입센은 이와 같이 생각하였도다. 그래서 사회의 개조는 제일 먼저 부인을 통

---

51) 錢杏邨, 「花之寺——凌叔華創作的考察」, 『海風周報』 제2기, 1929. pp.9-11.
52) 양백화, 「'人形의 家'에 대하여」, 『양백화문집3』, 강원대학교출판부, 1995. p.120.

하여 행하지 아니하면 안 될 줄로 확신하였도다."[53]

위의 인용문에 따르면 '인형의 집'의 핵심은 노라의 '가출'에 있다. 그것
은 여성의 존재와 가치를 무시하는 가부장적 질서에 의해 운위되는 가정,
그 자체에 대한 반란이며 아내로서 주부로서 여성의 '역할'이 아닌 여성으
로서 '존재' 의미를 찾아 나서는 혁신적 첫걸음으로 이해해야 한다.[54] 그러
나 양백화는 노라의 가출에 대해 부정의 태도를 밝혔다. 양백화는『인형의
집』은 여성에게 남성과 동일한 의무와 책임이 있다는 것을 강조하는 것이
지, 가족 자체에 대한 강한 반역을 나타내기 위해 떠나는 것이 아니라며 여
성의 가출에 대해 마지막으로 다음과 같이 부정했다.

"그는 그렇다 하고 입센이 「인형의 가」를 지은 진의는 무슨 세계의 부인에게
대하여 그 남편과 자식을 버리고 가라고 한 것은 아니니 그는 현대사회의 남
자와 여자의 지위가 불공평하며 불평등함에 분개하여 여자도 또한 '사람'이라
는 자각으로 남자와 동등의 대우와 연애 권리, 지위를 요구하며 남자와 같이
사회문제, 가정문제 등에 책임을 지라고 가르침이다. 요컨대 가정적이오 자각
적인 입센이 부인에 대하여도 또한 철저적이오 자각적 이해를 요구함에 불외
(不外)하다." [55]

위의 인용문에 따르면 양백화는 노라가 가출한 것의 진정한 의미는 세
상의 부인들에게 남편과 자녀를 포기하라는 것이 아니라고 주장한다. 그는

---

53) 양백화, 앞의 책. p.123.
54) 류진희, 「한국근대의 입센 수용 양상과 그 의미: 1920~1930년대 '인형의 집'을
중심으로」, 성균관대학교 석사논문, 2004 p.73.
55) 양백화, 「人形의 家'에 대하여」, 『양백화문집3』, 강원대학교출판부, 1995. p.124.

입센이 현대사회의 남성과 여성의 지위가 불공평하다고 분개하여, 여성에게는 인간으로서의 권리를 부여하고, 남성과 동등한 대우와 연애의 권리를 주장하였다고 본다. 그리고 양백화는 남자와 여자가 사회문제, 가정문제 등을 함께 감수해야 한다고 가르친다.

　상술하였듯이 양백화가 소개한 여성 작가의 작품은 문학혁명과 사상혁명을 개진하는 한 부분으로, 일제 치하 현실에 대한 불만과 비판 의식을 표출함과 동시에 한국 사회를 개조하는 것을 궁극적 목표로 삼았다. 양백화는 이 사회 개조의 첫 걸음이 여성 해방을 통해 이뤄졌다는 점에서 '노라의 형상'에 초점을 맞추었고 동시에 여성 형상의 수용을 염두에 두면서 소설 번역의 중요성을 강조했다. 이 외에도 양백화는 여성 작가 작품에 구애받지 않고 5.4시기 노라 정신을 담은 남성 작가의 여성소재 소설도 다수 번역했다. 예를 들어 양백화는 노라형 역사극인 '삼종(三從)'을 반대하고 '삼부종(三不從)'과 여성의 해방을 제창한 곽말약(郭沫若)의 「탁문군(卓文君)」과 「왕소군(王昭君)」,[56] 전통적으로 대표적인 악녀로 취급되던 양귀비와 반금련을 재해석한 왕두칭(王独清)의 「양귀비(楊貴妃)」와 어우양위첸(歐陽予倩)의 「반금련(潘金蓮)」을 잇달아 번역하였다. 이처럼 양백화는 여성 주인공을 내세운 중국 희곡에 관심을 드러냈으며, 특히 중국 5·4시기 노라극을 집중적으로 번역하였다.[57] 노라의 가출은 자유를 추구하고 자아를 재구성하는 과정을 의미하는데, 이는 20세기 초의 동서 갈등, 신구 충돌 속에서 동아시

---

56) 궈모뤄는 「탁문군(卓文君)」, 「왕소군(王昭君)」, 「섭앵(聶嫈)」 3편을 『세 명의 반역적 여성(三個叛逆的女性)』(1927)이라는 제목으로의 단행본 출간하였다. "在家不必從父, 出嫁不必從夫, 夫死不必從子." 郭沫若, 『三個叛逆的女性』, 上海光華書局, 1926. p.243.

57) 박진영, 「번역된 여성, 노라와 시스(西施)의 해방」, 민족문학사연구소 제66호, 2018. pp.327-348; 전려원, 「양건식의 중국 희곡 번역과 노라 다시 쓰기 연구」, 성균관대학교 석사학위논문, 2021. pp.11-12.

아 지식인들이 직면한 근대적 주체의 발견이라는 시대적 사명과 상통한다
고 할 수 있다.[58]

다음은 『삼천리』에 게재된 중국 여성 문학의 번역이다. 양백화의 뒤를
이은 중국 여성 작가 소설에 대한 번역은 10년이 지난 후에야 나타난다.
1940년 6월 1일, 잡지 『삼천리』 제12권 6호에 「신지나문학 특집(新支那文學
特輯)」이라는 글 한 편이 게재되었다. 여기에는 「신지나문학 특집(新支那文
學 特輯)-지나신시단(支那新詩壇)」, 「新支那文學 特輯-소설」, 「新支那文學 特
輯-수필」 등을 표제로 하여 모두 6편의 현대 시, 3편의 현대 소설, 2편의
수필[59]이 번역되었다. 여기에서 여성 작가 작품으로 링수화의 소설 「화지
사」와 빙신의 시 「애사(哀詞)」가 포함되어 있다. 또 『삼천리』 제12권 8호에
는 딩링의 「그가 떠난 후(他走後)」가 번역되기도 했다.

이 특집에서 번역 및 소개의 방식을 통해 선택한 지역과 그 내용을 보
면 출간의 목적을 알 수 있다. 이 특집호는 중국 문학을 소개하는 것이 아

---

58) 전려원, 「양건식의 중국 희곡 번역과 노라 다시 쓰기 연구」, 성균관대학교 석
  사학위논문, 2021. p.1.
59) 「新支那文學 特輯」(『삼천리』 제12권 6호)

新支那文學 特輯-支那新詩壇			新支那文學 特輯-소설			新支那文學 特輯-수필		
작품명	원작가	번역자	작품명	원작가	번역자	작품명	원작가	번역자
新中國의 建國歌	汪精衛	未詳	花之寺	凌淑華	朴啓周	나의 男便 郭沫若	佐藤 富子	未詳
支那民謠 二篇	未詳	朴英熙	北京好日	林語堂	朴泰遠	周作人訪問記 -靑葉의 北京, 그의 邸宅을 찾아서	黃河 學人	
哀詞	氷心	林學洙	사랑하는 까닭에	蕭軍	崔貞熙			
黃浦江口	郭沫若	林學洙						
偶然	徐志摩	未詳						

니라 식민정부를 도와 '중일 우의'를 선전하는 데 목적이 있는 것으로 보인다. 번역을 위해 선택된 중국의 지역을 보면 베이징, 후베이 등이 주가 된다. 예를 들어 「지나민요이편(支那民謠二篇)」에는 베이징과 후베이의 민요, 임어당(林語堂)의 소설 「베이징호일(北京好日)」, 곽말약(郭沫若)의 「황포강구(黃浦江口)」(상하이) 등이 번역 및 소개되었다. 일본은 전면적 중국 침략 전쟁 과정에서 '새로운 질서'의 범위를 내세웠다. 이에 호응하여 한국의 신문들은 중국의 동베이, 상하이, 우한, 베이징 등이 일제에 의해 식민지화된 중국 각지에 대해 각별한 관심을 가졌다.[60] 이 특집호의 번역된 글의 면모만 살펴보아도 그 경향을 알 수 있다. 「신지나문학 특집-지나신시단」의 서두편은 난징(南京) 정부의 수반 왕징웨(汪精衛)의 친일 시가 「中國의 建國歌」이다. 또한 「신지나문학 특집- 수필」의 첫머리는 곽말약의 아내 사토 후미코 사(佐藤富子佐)[61]의 수필 「나의 男便 郭沫若」, 곽말약의 「황포강구」는 1921년 8월 출간된 『여신(女神)』 제 3집의 '귀국음(歸國吟)' 조시로, 이 시는 1921년 4월 일본에 유학 중이던 곽말약의 귀국에 대한 오랜 염원을 담은 시이다. 이 시는 1938년 중일전쟁이 발발한 뒤 일제가 '동아시아의 새로운 질서'를 주장한 상황에서 창작되어, '평화의 고장(平和之鄕)'이라는 표현을 작품 안에 여러 차례 언급했다.

번역된 소설이 4편뿐임에도 불구하고 그 중에서 링수화의 「화지사」는 두 번이나 번역되었다는 점은 주목할 만하다. 첫 번째 번역은 1920년대 양백화에 의해, 두 번째는 1940년대 박계주에 의해 번역되었다. 전자는 중국

---

60) 張東天, 「日據末期韓國期刊登載 中國現代文學韓語譯文的背景及特點 - 以三千里月刊 爲中心 -」, 『중국어문논총』 제43집, 2009. p.557.

61) 郭安娜(1894~1995) 본명은 佐藤富子, 본관은 일본이며 일본 명문가 출신으로 일본 센다이 여학교를 졸업했다. 郭沫若의 두 번째 부인이며 건국 후 중국 국적을 취득하여 大連에 정착했다.

어를 원본으로 번역되어 『중국단편소설집』에 수록되었고, 후자는 일어 번역을 원본으로 중역되어 『삼천리』에 실렸다.

그러나 박계주가 번역한 「화지사」는 1929년 양백화 주편으로 나온 『중국단편소설집』에 수록된 「화지사」와 비교적 큰 차이가 있다. 양백화가 번역한 「화지사」에 나타난 연청(燕倩)은 뚜렷한 성격을 지닌 신여성상이다. 또한 양백화의 번역은 링수화의 창작 취지에 부합하는데, 원작의 작가는 남성 사회의 전통적 정의를 거부하고 남성의 특권을 의심하고 '혁명성'을 구현하고자 했다. 반면 1940년에 박계주가 번역한 「화지사」는 남성 중심의 시대에 대한 비판은 약화되고, 아내 연청은 남성에게 순종하고 남편에 대한 존경심을 드러내는 캐릭터가 되었다. 따라서 박계주의 번역은 결과적으로 혁명성을 희석하고 사랑이야기를 더욱 부각하였는데, 이러한 차이가 나타나는 원인은 해당 번역자가 중국어와 중국 문학을 알지 못하는 상황에서 일본어 번역본을 통해 중역했기 때문이다. 장동천(張東天)의 연구에 따르면, 「신지나문학 특집-소설」에 수록된 단편소설 3편의 번역은 같은 시기의 일본어 번역본은 도생취(桃生翠)의 번역본을 참조했을 가능성이 높다는 것이다. 박계주는 친일 인사로 1939년 설립된 친일문학단체 조선문인협회에서 요직을 맡은 경력이 있다.[62] 또 1937년 일본의 전면적인 중국 침략 전쟁 이후 일본은 한국에 대해 훨씬 엄격한 문화통제정책을 펼쳤으므로 이와 같은 배경이 출판 및 편집의 각 부문에도 상당 부분 영향을 미쳤으리라 생각된다. 따라서 번역작 선택에 있어서 사상적으로 문제가 되지 않으면서 당

---

62) 擔任「新支那文學 特輯」的翻譯者有朴泰遠、林學洙、朴啓周、崔貞熙、朴英熙, 其中只有朴泰遠有翻譯過中國古典小說, 但也並不懂白話, 只是精通文言, 從前發表的翻譯作品也僅限於古典小說, 其余的都不懂中文以及中國文學,並且五位作家在思想方面, 可以說都是所謂的"親日"人士, 並且五位作家都在1939年成立的親日文學團體"朝鮮文人協會"中擔任重要職位。張東天, 「日據末期韓國期刊登載 中國現代文學韓語譯文的背景及特點 - 以三千里月刊為中心 -」, 『중국어문론농총』 제43집, 2009 p. 560.

시 식민지 정부의 검열에 부합하는 작품들이 주를 이루었으며, 이러한 과정을 거치면서 원래 작품이 가지고 있던 '혁명성'은 희석되는 경향이 나타났다.

또한 『삼천리』는 「신지나문학 특집」을 게재한 것 외에도 1940년 9월 1일에는 딩링의 「떠나간 後」(역자 미상)를 게재했는데, 이 글의 번역자도 같은 시기의 일본어 번역본을 참조했을 가능성이 높다. 여기에서의 참조본은 1940년 동성사에서 간행한 『현대지나문학전집』 제9권 『여류작가집』[63]에 실린 일본어 번역 「去りし後」로 추측된다.

1929년 3월, 딩링 단편집 『일개여인(一个女人)』에 수록된 「떠나간 後」는 이별 후 그를 떠난 여주인공의 불면증과 복잡한 내면의 활동을 그린 작품이다. 작품에서 내면의 활동에 대한 초점은 '그녀는 그를 사랑하는지 아닌지' 하는 문제와 '그는 그녀를 사랑하는지 아닌지' 하는 문제에 집중되어 있다. 『삼천리』에서 「편집후기(編輯後記)」에 쓴 「떠나간 後」에 대한 소개는 다음과 같다.

> 『떠나간 後』는 原名 『他走後』로, 1929년 3월 『小說月報』에 발표된 丁玲의 초기 작품이다. 고향을 나와서 도회에 있는 작가 胡也頻과의 戀愛生活을 보내든 시대의 격렬한 정열의 기록인데 젊고 고은 여성이 연애를 하는 자기를 스스로 분석하는 그 줄기찬 문장에는 感服하지 않을 수 없다.[64]

여기서 주목할 부분은 딩링의 수많은 '혁명적'인 문장들 중 『삼천리』는 연애 생활을 묘사한 「떠나간 後」를 번역 및 게재했다는 점이다. 딩링의 초기 작품은 주체적인 여성의 입장이 뚜렷하고 남성 중심 사회에 대한 여성

---

63) 본고 각주 10) 참고.

64) 未詳, 「떠나간 後」, 『삼천리』 제12권 제8호, 1940.9.1.

의 반발을 불러일으켰다. 1928년 말 상하이로 건너간 딩링은 당시 혁명 정
세의 영향을 받아 창작 노선을 바꾸기 시작했으며 노농대중계급투쟁의 혁
명적 소재를 채택하였다. 딩링은 여성신분, 지식인, 혁명 정치 등에 관한
수많은 글들 중에서, '혁명성'이 약하며 연애 생활을 그린 「떠나간 後」를 선
택하여 독자들에게 소개했다. 이와 같은 『삼천리』의 작품 채택 경향은 혁
명성을 희석시키고 사랑 이야기를 부각시키는 것으로, 1937년 중일전쟁이
본격화되자 일제가 통치를 강화하고 '전시체제'를 실시하면서 일제강점기
한국의 언론은 이전의 자유롭고 느슨한 환경을 잃어 당시의 정치환경 때문
에 '혁명성'을 갖춘 작품을 소개할 수 없었을 것으로 추정된다.

　　1937년을 전후로 두 가지 경향을 보여 온 한국어 번역본의 차별성은
「화지사」 번역에서 명확히 드러난다. 양백화의 번역은 작품의 혁명성을 중
시했고, 그 번역은 남성 권력에 대한 여성의 의문을 나타냈다. 반면 1937년
이후 나타난 박계주의 번역은 작품의 사랑 이야기에 치중했고, 아내도 남
편에게 공손함과 순종을 드러내는 형태로 형상화된다. 또 번역작으로는 딩
링이 연애 생활을 묘사한 「떠나간 後」를 선택해 '혁명성'을 희석시키고 사
랑 이야기를 부각시키는 경향을 보였다. 이러한 식민지 환경 변화에 따라
번역 표현에 차이가 나는 것은 소설 번역뿐만 아니라 시에서도 발견된다.

3. 시가, 백화문 소시(小詩)의 현대성

　　당시 저명한 번역가이며 평론가였던 정래동은 중국 현대 여성 문인들의
시가창작에 대해 언급하면서, 과거 중국의 여성 문학사를 살펴보면 일부
수필을 제외하고 대부분이 시가에 관한 것이었으며, 중국 여성들 역시 시
를 창작하는 경우가 더 많았다고 보았다. 또한 정래동은 과거의 중국 문학

형식의 측면에서 보았을 때, 시가만큼이나 감정을 위주로 하는 문학 형식
은 없으며 많은 여성 문학인들이 자신의 성격에 따라 시가 창작의 길을 걷
는 것은 당연하다고 보았다. 시가에 대해 정래동은 다음과 같이 높이 평가
했다. "중국 부녀는 시가에 많은 異彩을 띠었던 것이다." 해당 글에서 간녀
사(淦女士), 바이웨이, 지주(智珠), 스핑메이(石評梅), 수메(蘇梅), 천헝저, CF
녀사(CF女士), 루스녀사(露丝女士), 유염녀사(虞琰女士), 추근(秋瑾) 등 여성
작가의 시가를 간략하게 언급했는데, 이 중 정래동은 중국의 신시단에서
가장 유명한 여성 시인으로 빙신을 꼽았다.[65] 그리고 정래동은 산문 부문
에서도 빙신을 높이 평가했다. 그는 산문에 전념하는 여성 작가가 많지 않
고 산문을 잘 쓰는 여성 작가 또한 적다는 사실을 지적하였다. 이와 동시
에 정래동은 빙신, 진학소(陳學昭), 오서천(吳曙天) 등의 작가들이 쓴 산문
에 나타나는 특색에 집중하며 해당 작품들을 간략하게 소개했다. 그 중 "冰
心 여사의 「寄小讀者」와 「南歸」 등은 여작가의 산문으로 상승이 될 것이며,
유독히 童心과 순진한 處女心을 잘 쓰는 데 그 특색이 있다."라고 밝힌 바
있다.[66] 이 시기 시가 작품의 번역 상황을 보면 다음과 같다.

〈표-3〉 시가

원작	원작가	제목	번역자	번역출처	번역연도	비고
春水	氷心	春水	丁來東	「氷心女士의 詩와 散文」, 『新家庭』 제1권 제8호	1933.08	『春水』에 수록된 소시 182수 중 24수
江南月	氷心	江南月	盧子泳	「詩歌에 나라난 靑年中國」, 『新人文學』 제2권 제2호	1935	1수
繁星	氷心	繁星	丁來東	「氷心女士의 詩와 散文」, 『新家庭』 제1권 제8호	1933.08	『繁星』 164수 중 제133번 1수

---

65) 정래동, 「中國의 女流作家」, 『丁來東全集I·學術論文篇』, 금강출판사, 1971, p.285.
66) 정래동, 「中國의 女流作家」, 앞의 책, p.294.

원작	원작가	제목	번역자	번역출처	번역연도	비고
			尹永春	『人文評論』, 제3권 제1호	1941.1.1	『繁星』164수 중 제1,2번 2수
哀詞	氷心	哀詞	林學洙	「新支那文學 特輯—支那 新詩壇」, 『三千里』 제12권 제6호	1940.6.1	『春水』182수 중 제23번 1수

위 표를 보면 이 시기의 시 번역은 빙신의 시에 집중되어 있으며 거의 모두 빙신의 소시집 『춘수(春水)』와 『번성(繁星)』에 실려 있는 작품들이다.

『번성』은 1922년 1월 1일 『신보부전(晨報副鐫)』 신문예란(新文藝欄)에 처음으로 발표되었고, 1월 6일 시란(詩欄)으로 옮긴 이후 문학연구회 총서에 수록되어 1923년 1월 상하이상무인서관(上海商務印書館)에서 출판하였다. 이 단행본에는 빙신이 『신보부전』에 발표한 소시 164편이 수록되어 있다. 그리고 『춘수』는 1922년 3월 2일 『신보부전』에 처음으로 발표되었고, 이어 문예총서에 수록되어 1923년 5월 신조사(新潮社)에서 간행하였다. 해당 총서에는 빙신이 『신보부전』에 발표한 소시 182편이 수록됐다. 시집은 사랑의 철학이 핵심으로 하고 모성애, 동진, 자연에 대한 찬사가 시집의 주제라고 할 수 있다. 빙신의 이러한 시들은 짧고 가벼운 필치로 작성되었으며, 빙신은 자신의 작품에 다양한 장소와 시간을 겪으며 체득한 감회와 순간의 탄식을 기록하였다.

5·4 문학혁명은 창작 방면에서 시를 돌파구로 삼았는데, 이러한 혁명의 일환으로 시작된 신시운동은 시 형식상의 해방을 목표로 하였다. 후스는 '작시여작문(作詩如作文)'을 주장하며 시의 격률을 타파하고 '자연의 음절'로 시를 짓는 것을 강조했다. 둘째로 후스는 백화로 시를 쓰고, 단어 선택에서만 백화를 사용하는 것이 아니라 백화의 문법구조가 문어법을 대신하여야 한다고 주장한다. 이것이 바로 5·4 신시운동의 산문화(散文化)와 서민화(平民化)의 목표이다.[67]

1923년에는 빙신의 『춘수』와 『번성』, 종바이화(宗白華)의 『유운 소시(流雲小詩)』가 함께 출간되자 중국 문학계에는 '소시체(小詩體)'에 대한 관심과 흥미가 일어났다. 소시체는 저우쭤런(周作人)이 번역한 일본 단가, 반구, 정진규(鄭振仔)가 번역한 타고르 「비조집(飛鳥集)」의 영향으로 생겨난 것이다. 소시는 즉흥적인 소시로 보통 두 서너 행을 기본 단위로 하며, 지은이의 감흥을 표현하고 삶의 철리나 아름다운 정을 담는 것을 특징으로 한다. 소시의 출현은 시적 형식에 대한 당시 시인들의 다각적인 탐구의 결과물이면서 동시에 작가 자신의 내면세계의 미묘한 감정과 느낌을 통해 포착하려는 시인의 노력이기도 하다. 소시의 대표 저자들로는 빙신, 종바이화, 외에 서옥낙(徐玉諾), 하식삼(何植三) 등을 꼽을 수 있다.[68] 그중 빙신은 소시를 쓴 여성시인으로서 독보적인 위상을 가지고 있다. 일제강점기 한국에서 빙신의 시가 전파되는 데에는 이러한 권위가 영향을 미친 것으로 보인다. 당시 일제강점기 한국 사회에는 중국 여성시인의 시로는 빙신 작품만 번역된다고 해도 과언이 아니었다.

1933년부터 정래동, 노자영, 윤영춘 등의 학자들이 빙신의 현대시에 관심을 갖기 시작했다. 특히 정래동을 통해 이뤄진 빙신의 시에 대한 번역 및 소개가 가장 많았다. 정래동은 1933년 8월 『신가정』 제1권 제8호에 발표한 「氷心女士의 詩와 散文」[69]이라는 글에서 인용 의도에 따라 『춘수』에 수록된 24수의 시와 『번성』에 수록된 1수를 번역하였다.[70] 정래동은 번역을

---

67) 錢理群, 『中國現代文學三十年』, 北京大學出版社, 1998. p.93.

68) 钱理群, 앞의 책. p.98.

69) 정래동, 「氷心女士의 詩와 散文」, 『丁來東全集I・學術論文篇』, 금강출판사, 1971, pp.263-279.

70) 「春水」는 모두 24수가 번역되었다. 번역된 것은 3, 15, 19, 22, 27, 29, 44, 46, 48, 55, 60, 63, 76, 87, 90, 100, 112, 114, 137, 140, 154, 158, 162, 165이다. 「繁星」은 한 수만이 번역되었는데, 133이 그것이다.

할 때에 원시의 의미와 언어 양식을 최대한 살리기 위해 한자 고유어를 유
지했다. 그리고 그은 이런 원시의 언어 리듬성과 의미가 독자에게 온전히
전달되도록 기본적으로 직역하는 방식을 택했다. 이 글에서 정래동은 비교
적 많은 지면을 할애하여 빙신 현대시의 형식적 특징, 내용적 특징, 사상적
특징 세 방면에서 중점적으로 소개하였다.

그 외에 노자영도 빙신 현대시가 형식의 자연스러움에 주목한 인물 중
한명이다. 1935년, 노자영은 『신인문학』에 발표한 「詩歌에 나라난[71] 靑年中
國」[72]에서 빙신의 「강남월(江南月)」을 비롯하여 중국 작가들의 현대시 8편
을 번역하여 소개했다. 이외에 윤영춘도 빙신의 시집 『번성』의 일부를 번
역했다. 1941년 1월 1일 윤영춘이 『인문평론』에 발표한 「現代支那詩抄」는
빙신의 소시를 포함한 15편의 현대시를 번역한 것으로,[73] 중국 현대시에
대한 그의 관심을 알 수 있다. 윤영춘도 이런 원시의 의미와 언어 양식을
독자에게 온전히 전달하기 위해 기본적으로 직역 방식을 채택하였으며, 기
존과 달리 아래와 같이 중국어 원문과 한글을 나란히 표기했다.

---

71) '나타난'의 오기인 듯.

72) 盧子泳의 「詩歌에 나라난 靑年中國」은 모두 8수가 번역되었으며 각각 張資平의
「愛的哀歌」, 王獨淸의 「Now, I am Choreie man」, 王連正의 「新世紀」, 章衣萍의
「醉酒歌」, 冰心의 「江南月」, 蔣光慈의 「北京」, 馮乃超의 「紅絲燈」, 孟超의 「影子」.
盧子泳, 「詩歌에 나라난 靑年中國」, 『新人文學』 제2권 제2호, 1935. p.13.

73) 尹永春의 「現代支那詩抄」에는 모두 15수의 시가 번역되었으며 다음과 같다. 胡
適의 「一笑」, 周作人의 「小河」, 朱自淸의 「잠자라, 작은 사람아」(원 제목은 「睡吧, 小
小的人」), 王獨淸의 「威尼市」, 俞平伯의 「어리석은 바다」(원 제목은 「愚蠢的大海」),
朱湘의 「死」, 葉紹鈞의 「夜」, 郭沫若의 「Reconv Alescence」, 鄭振鐸의 「雁蕩山之頂」,
劉延陵의 「水手」, 汪靜之의 「我願」, 徐玉諾의 「小詩」, 劉大白의 「사랑의 根과核」
(原名원 제목은「愛的根和核」), 趙景深의 「泛月」, 謝冰心의 「繁星」. 尹永春, 「現代支
那詩抄」, 人文評論(총14호, 제3권 제1호), 1941.1.1.

一   一
無限的神秘   무한한 神秘를
何處尋他？   어디서 찾을고?
微笑之後,   웃은 후
言語之前   말하기 전,
便是無限的神秘了。   이것이야말로 無限한 神秘일세

二   二
死呵!   죽엄이여!
起來公頭易他!   이러나 찬양하라!
是沈默的終歸,   沈默의 歸結을——
是永遠的安息。   永遠한 安息을.

—— 謝水心[74] 「繁星」 일부분

　　그만큼 한국 문인들은 빙신 현대시의 형식과 내용에 관심을 갖고 있음
을 알 수 있다. 1920년대 변혁기였던 한국도 중국과 마찬가지로 문학 창작
부문에서 언문일치가 주류로 나타났다. 그러나 문단에서는 초창기 신시가
아직 여러 면에서 구시체의 영향하에 있었으며, 전통적인 한시 형식이 여
전히 주류를 이루고 있어 현대시 발전에 장애가 되고 있다.[75] 이러한 배경
에서 정래동, 노자영, 윤영춘 등 한국 문인들이 현대시의 형식과 내용에 관
심을 갖고 있음을 알 수 있다.
　　1940년 6월 1일, 『삼천리』에 실린 「신지나문학 특집-지나 신시단」에는

---

74) 원문에 "謝水心"이라고 잘못 쓰여 있다.

75) 金哲, 『20世紀上半期中朝現代文學關系研究』, 山東大學出版社, 2013, p.63.

빙신의 「애사」의 번역문이 실려 있다. 그런데 이 번역본 수록의 목적은
결코 빙신의 백화시를 소개하는 일에 그치지 않는다. 먼저 이 시의 구체적
인 내용을 살펴보자.

哀詞

그의 周圍에는 오직 피와 눈물이 잇거늘
사람들 「需要」의 旗발을 들고
그로 하여금 피와 사랑을 쓰게 하매
그는 마침내 울고 싶은 우슴을 우섰도다.
그의 周圍에는 오직 빛과 사랑이 잇거늘
사람들 「需要」의 旗발을 들고
그로 하여금 피와 눈물을 쓰게 하매
그는 마침내 웃고 싶은 우름을 우럿도다.
울고 싶은 우슴
웃고 싶은 우름
사람들 또 「需要」의 旗발을 드렀으나
이미 이 세상에서 사라지고 없었도다![76]

위 「애사」는 시인의 상실감과 어쩔 수 없는 씁쓸한 마음을 보여준다.
이 시는 중국에서 '인생을 위한 문학'과 '예술을 위한 문학'이라는 양단의
문학 유파 논쟁이 한창이던 1922년에 쓰였다. 1921년 설립된 문학연구회는

---

76) 他的周圍只有"血"和"淚"——人們舉著"需要"的旗子/ 逼他寫"血"和"愛"/他只得欲哭的笑
了/他的周圍只有"光"和"愛"/人們舉著 "需要" 的旗子/逼他寫"血"與"淚"/他只得欲笑的
哭了/欲哭的笑/欲笑的哭/—— 需要的旗兒舉起了/真實已從世界上消失了!

'인생을 위한 문학'을 내세우며 사회현상을 반영하고 인생을 논했다. 비평가들은 그녀의 소재가 모성애와 대자연을 벗어날 수 없다고 하면서, 문학가는 사회 현실을 비판하고 하층민의 생활과 피와 눈물을 반영한 작품을 써야 한다고 지적하였다. 1932년 리시통(李希同)은 그가 편찬한 『빙신논(氷心論)』의 서문에서 빙신에 대한 중국독자들의 수용 상황을 설명하고, "초천미우(草川未雨)는 작가(빙신을 가리킨-인용자)가 전진할 용기가 없다고 생각했고, 황잉(黃英)과 허위보(賀玉波)는 작가가 복잡한 사회를 모른다고 생각했다.", "그들은 빙신의 작풍 변화를 열렬히 요구하거나 희망했다."라고 썼다.[77] 그러나 빙신은 가정 형편이 좋고 생활이 원만하여 실질적인 생활 경험이 없고 주변에 빛과 사랑만 있을 뿐 '필요'한 작품을 쓰기 어려웠다. 빙신의 「애사」는 비평가에 대한 화답과 함께 허탈감, 서운함을 동시에 드러낸 것이다.

해당 문학 특집은 쉬즈모(徐志摩)의 애정시 「우연(偶然)」을 번역하기도 했다.[78] 「우연」은 시인이 린후이인(林徽因)을 런던에서 만났을 때 쓴 작품이다. 여기에는 쉬즈모와 린후이인이 서로를 알고, 느꼈던 감정, 그리고 종국에는 헤어져야 했던 결말이 담겨 있다. 또한 쉬즈모는 이 작품에 인생 역정에서 나타나는 우연과 무력함을 해석하고 아름다움이 사라진 후 생기는 상실감과 운명 앞에서 어쩔 수 없는 쓰라린 심정을 드러냈다.

따라서 1940년 『삼천리』에 실린 「신지나문학 특집」에서 선정된 작품들을 보면, 앞서 언급한 바와 같이 "중일 간의 우정"을 식민정부에 홍보하는 데 협력하면서 사상적으로 문제가 되지 않고, 당시 식민지 정부의 정치적 검열에도 어긋나지 않을 작품들이 선정되었다. 한편, 일제강점기 한국 문인들의 허탈함과 씁쓸한 심정 역시 작품을 통해 나타난다.

---

77) 李希同 편, 「序」, 『氷心論』, 北新書局, 1932. p.2.

78) 志摩, 『晨报副刊·诗镌』 제9기, 1926.5.27.

4. 산문, 신여성으로서 여성 작가의 삶과 창작 경험

〈표-4〉 산문

원작	원작가	번역제목	번역자	게재문장	게재지	비고	연도
我的文學生活	氷心		丁來東	中國女流作家의 創作論과 創作經驗	『新家庭』제2권 제9호	일부	1934.9
文藝叢談	氷心	發揮個性表現自己	丁來東	상동	상동	일부	1934.9
我的創作生活	丁玲		丁來東	상동	상동	일부	1934.9
創作的我見	盧隱	創作的我見	丁來東	상동	상동	일부	1934.9
我投到文學圈裡的初衷	白薇	我投到文學圈裡的初衷	丁來東	白薇女士의 文學生活	『新家庭』제3권 제7호	일부	1935.7

표에서 가장 눈에 띄는 특징은 위 산문 작품들의 역자가 모두 정래동이라는 점이다. 정래동의 산문 번역은 모두 여성 작가 본인의 창작 경험에 대한 번역으로, 1930년대 초반에 집중되어 있다. 그리고 정래동은 원작의 일부 내용을 번역하고 소개하는 방식으로 진행하였다.

1934년 9월 정래동은 『신가정』 제2권 제9호에 「中國女流作家의 創作論과 創作經驗談」[79]을 게재하였는데, 이 글의 서문에서 중국 여성 작가의 창작에 관심을 가진 이유를 설명하였다. 글의 두 번째 부분에서 정래동은 빙신의 「문예총담(文藝叢談)」과 루인의 「창작적아견(創作的我見)」의 일부 내용을 번역하여 두 여성 작가의 창작에 대한 관념을 소개하였다. 그리고 세 번째 부분에서는 빙신의 「나의 문학생활(我的文學生活)」과 딩링의 「나의 창작생활(我的創作生活)」의 일부 내용을 번역하여 소개하였으며, 빙신과 딩링

---

79) 정래동, 「中國의 女流作家」, 『丁來東全集II·評論篇』, 금강출판사, 1971. pp.156-168. 원문은 「中國女流作家의 創作論과 創作經驗談」이라는 제목으로 1934년 9월 『신가정』 제2권 제9호에 처음 발표하였다.

의 창작 경험을 소개하였다.

정래동은 중국 여성 작가의 개인적 경력 중에서도 특히 바이웨이에 주목하였다. 1935년 7월, 정래동은 『신가정』에 「白薇女士의 文學生活」[80]을 게재했는데, 이 글은 바이웨이의 「내가 문학계에 던지는 초심(我投到文學圈裡的初衷)」의 일부 내용을 번역한 것이다. 여기서 정래동은 바이웨이의 반항적인 인생 경력과 문학적 소양이 쌓인 여정을 비교적 상세히 설명하였다. 「白薇女士의 文學生活」에서는 바이웨이의 개인적인 경험을 세 부분으로 나누어 소개하고 있다. 정래동은 1부에서 바이웨이의 그림 애착과 독서 부문에서의 변화, 그리고 2부에서는 바이웨이의 일본 유학 경로와 이후의 삶과 문학적 접촉 동기를, 3부에서는 바이웨이의 분투하는 과거와 처참한 삶의 인상을 각인시키기 위해 「내가 문학계에 던지는 초심」에서의 회고 자서전 일부 원문을 번역했다. 정래동은 바이웨이의 회고 자서전을 번역하며 그녀가 남편과 시어머니의 학대를 받고 이후에 용감하게 봉건적 가정을 탈출하고, 공부하며, 동학들로부터 고립되고, 타국 땅에서 지치고, 굶주리고, 병에 걸렸던 경험을 비교적 자세히 전한다.

이로부터 알 수 있는 사실은 정래동은 신여성으로서의 여성 작가에 많은 관심을 기울였다는 점이다. 여성 문제에 많은 관심을 가진 정래동은 중국 현대 여성 문학을 소개하는 글을 발표했을 뿐만 아니라 자유연애나 여성 해방을 다룬 슝포시(熊佛西)의 「모델(模特)」, 딩시린(丁西林)의 「벌(一只螞蜂)」도 번역하여 게재하기도 했다. 비록 여성 작가의 작품은 아니지만, 남성 작가 작품이라도 여성관련 주제 작품 번역되었다. 이외도 정래동은 중국 신여성과 혼인 문제에 관한 글도 다수 발표하였다. 1933년 2월부터 1935년까지 3년 동안 정래동은 중국 신여성 및 여성 문제에 관한 7편의 글

---

80) 정래동, 「白薇女士의 文學生活」, 앞의 책. pp.170-181. 원문은 1935년 7월 『신가정』 제3권 제7호에 처음 발표하였다.

을 발표했는데, 이 글들은 주로 가정 및 혼인 문제를 다루었으며 모두 여성
종합지인 『신가정』에 실렸다.

<표-5> 정래동 중국여성 관련 글

	제목	출처	발표 연도
1	「現代中國 新女性의 印象」	『新家庭』 제2호	1933.2
2	「婚姻上으로 본 鄕村社會」	『新家庭』 제4호	1935.4
3	「女性運動家여 닥치는 대로 하시오」	『新家庭』 제4호	1933.4
4	「結婚儀式은 全廢함이 좋다」	『新家庭』 제6호	1933.6
5	「中國 新舊女性의 프로필」	『新家庭』 제11호	1933.11
6	「歌謠로 본 中國女性」	『新家庭』 제2권 제1호	1934.1
7	「鄕村의 結婚問題 片感」	『新家庭』 제2권 제8호	1934.8

여기서 주목할 점은 정래동이 여성 작가의 작품을 번역하여 소개를 다
룬 글이나 여성 문제에 관한 글 모두 여성종합지인 『신가정』에 실렸다는
사실이다.

1930년대에 등장한 『신가정』은 당시 일제강점기 한국의 가장 큰 문제가
유교적인 가족제도라고 지적하고, 이에 한국에는 '진정한 의미의 가정생활'
은 없고 동시에 새로운 가족을 기획하는 것이 한국 사회와 민족의 행복을
견인하는 방법이라고 강조했다. 이에 따라 여성은 한국 민족의 행복과 불
행을 결정짓고 새로운 한국 사회를 건설하는 역할을 하는 '주부'로 다시 표
현되었다.[81] 결국 『신가정』에서 신여성과 새로운 가족 형태에 대해 제창하
는 것은 새로운 한국사회를 만들기 위함이며 정래동의 신여성에 대한 관심
『신가정』의 창간 목적과 고도로 일치한다.

정래동은 중국의 신구(新舊)여성과 혼인 문제에 주목하여, 여성 문제를

---

81) 김중하, 「1920~30년대 여성잡지와 근대 여성문학의 형성」, 부산대학교 석사논
　　문, 2010, p.45.

다룬 글을 통해 중국 여성의 사회적 지위 변화와 신구여성의 특징을 분석하고 중국과 한국 사회에 존재하는 여성 문제를 고발하였다. 정래동은 당대 사회의 구습인 조혼이나 가부장제 등을 비판하며 자주적 결혼을 주장하기도 했다. 특히 그는 혼인 문제가 사회발전과 밀접한 관련이 있고 혼인 문제의 해결이 곧 사회 발전의 일환이라고 간주했다. 그런데 정래동이 말한 행복한 가정을 어떻게 만들 것인가 하는 문제는 사실상 행복한 사회를 어떻게 만들 것인가 하는 질문과 직결된다. 이처럼 정래동이 중국 여성 작가들에 가진 관심도 그가 기본적으로 여성 문제에 대해 품고 있었던 관심에 기반한다고 볼 수 있다.

그렇다면 어떻게 행복한 가정을 만들 수 있는가? 이에 대해 정래동은 전통적인 관습과 도덕을 버리고 자유연애의 길로 들어서야 한다는 답을 제시하였다. 1934년 1월 『신가정』에 발표한 「歌謠로 본 中國女性」[82]이라는 글에서 정래동은 공통성을 가지고 있는 가요를 비교하여, 이 중에서 여성과 관련된 부분을 번역하여 가요에 조혼에 대한 다양한 불만이 표출되고 있다고 소개했다. 또한 중국 여성 가요 검토를 통해 여기에 나타난 상황이 한국 여성이 처한 환경과 과연 비슷할 수 있느냐고 지적하기도 했다. 그에 따르면 중국의 여성은 과거의 예교에 얽매여 평생 인내와 고통 속에서 살아가거나 비밀리에 연애를 하기도 했다. 또한 그는 당시 궁국의 여성들이 신분·명예·재산의 상황에 상관없이 자유연애의 길을 나서는 경우가 많았다고 지적했다. 그에 대한 방증으로 중국의 향촌 가요의 내용들이 밀회를 찬미하는 경우가 많았는데, 이는 밀회가 생활에 부정적인 영향을 미칠 수 있는 요소였음에도 불구하고 다수의 중국 여성들이 연애에 대한 욕구를 표출한 것이라고 할 수 있다.

82) 정래동, 「歌謠로 본 中國女性」, 『丁來東全集II·評論篇』, 금강출판사, 1971. pp.266-276. 원문은 1934년 1월 『신가정』 제2권 제1호에 처음 발표하였다.

더불어 정래동은 1935년 4월 『신가정』에 발표한 「婚姻上으로 본 鄕村社會」[83]라는 글에서 전통적인 관습과 도덕을 비판하였다. 그는 혼인의 기준, 혼인 의식의 변천 자체가 독립적이지 않고 사회의 각 방면과 서로 관련되어 있다고 보았는데, 이는 혼인의 변화상을 관찰함으로써 해당 사회의 변천을 증명할 수 있다고 여긴 것이다. 그는 혼인 문제가 기형적으로 발전하는 사회는 사회 각 방면에서 기형적인 현상이 일어나기 때문이라고 여겼다. 정래동은 당시의 향촌 또한 근대 물질문명의 혜택을 받았지만, 여전히 향촌의 행사나 혼인, 장례 등을 진행할 때 전통적인 관념과 관습이 짙게 남아있다고 지적했다. 이러한 문제점과 관련하여 그는 「結婚儀式은 全廢함이 좋다」[84]라는 글을 발표했다. 이 글에서 그는 결혼식을 폐지해야 한다고 주장하면서 결혼의 근본적인 의의는 예식에 있는 것이 아니라 부부가 될 사람 간의 사랑과 정신적, 물질적 측면에서의 상호 보완에 있으며, 지난 수천 년의 기형적인 사회 관습은 결혼의 근본적 의의를 퇴색시켰다고 주장했다. 그는 이에 대한 해결 방안으로 중국의 도시에 사는 청년들이 치르는 결혼 방식을 예로 들며 간소화된 의식을 권장했다.

하지만 그가 신식 결혼에 전적으로 동의한 것은 아니었는데, 이와 같은 견해는 그가 신식 남녀의 문제점을 지적한 것에서 파악할 수 있다. 그는 1934년 8월에 발표한 『신가정』에 「鄕村의 結婚問題 片感」[85]에서 신식 남녀의 정조 관념의 빈약함을 비판하였으며, 연애와 성욕을 구분해야 한다고 언급했다. 또한 그는 과거 혼인의 기준과 오늘날의 결혼 현상에 대해 서술

---

83) 정래동, 「婚姻上으로 본 鄕村社會」, 앞의 책, pp.409-416. 원문은 1935년 4월 『신가정』 제3권 제4호에 처음 발표하였다.

84) 정래동, 「結婚儀式은 全廢함이 좋다」, 앞의 책, pp.417-418. 원문은 1933년 6월 『신가정』 제1권 제6호에 처음 발표하였다.

85) 정래동, 「鄕村의 結婚問題 片感」, 앞의 책. pp.402-408. 원문은 1934년8월 『신가정』 제2권 제8호에 처음 발표하였다.

하였고, 향촌 사람들이 혼인으로 인한 비극을 자주 겪으면서도 구식 혼인
의 기준을 포기하지 않는 이유가 무엇인지에 대해 의문을 던지면서 향촌
사람들이 가진 완고함에서 비롯된 것이라고 지적했다. 그런데 그는 여기에
서 그치지 않고 신식 결혼, 즉 연애 결혼을 반대해야 하는 여러 가지 이유
들에 대해서도 언급하였는데, 그 반대의 원인은 근본적으로 신식 남녀가
정조 관념이 약하고 성욕을 자제하고자 하는 의지가 없다는 것이다. 같은
맥락에서 정래동이 1933년 2월『신가정』에 발표한「現代中國 新女性의 印象
」86)에서는 이라는 글을 살펴볼 필요가 있다. 정래동은 신여성들이 마땅히
'가사 업무'에 대한 소양을 갖출 것을 주장했다. 또 해당 글에서 중국 여성
의 사회적 지위 변화를 소개하면서 신구 여성의 특징을 분석했다. 그는 중
국의 신여성은 남성과 동등한 지위를 가지고 있다며 가정에서 "오히려 남
자를 압도하는 가정이 적지 않다"며, '가사 업무'에 대한 소양이 없는 신여
성들은 심지어 스스로 아이조차 키우지 않는다고 지적했다.

　　하지만 이와 같은 변화된 현실에는 이면도 존재했다. 당대 신여성 가운
데 양질의 교육을 받고 가정이 유복한 지식인에도 불구하고 여전히 '구식
여성'의 사상에서 벗어나지 못하는 여성들도 있었다. 또 이들 중에는 '구식
여성'의 사고 구조에서 탈피하고 가정의 울타리를 벗어났음에도 불구하고
경제적으로 여전히 구속을 받는 이들도 존재했다. 1933년에 11월 정래동은
『신가정』에「中國 新舊女性의 프로필」이라는 글에서 현대 중국 여성의 신
구 간극을 보여줄 수 있는 실제 두 사례를 제시하고, "부녀가 경제 독립을
하지 못하는 고통이 있고, 혼인 기타의 자유를 절대로 필요하다는 자유의
욕망과 가정의 속박과 갈등이 숨어 있는 것을 엿볼 수가 있는 것이다"87)라

---

86) 정래동,「現代中國 新女性의 印象」, 앞의 책, pp.287-292. 원문은 1933년2월『신
　　가정』제2호에 처음 발표하였다.
87) 정래동,「中國 新舊女性의 프로필」, 앞의 책, p.286. 원문은 1933년 11월『신가

고 지적했다.

마지막으로 정래동은 여성 문제를 원만하게 해결하기 위해 직업의 귀천 관념을 포기해야 한다고 주장했다. 그는 1933년『신가정』에 발표한「女性運動家여 닥치는 대로 하시오」[88]에서 인간 사회에서 생활을 위한 노동에는 귀천이 없으며, 여성이 밥을 짓는 일과 바느질을 하는 일 등 모두 동일한 사회적 가치를 가진다고 보았다. 또한 정래동은 직업의 귀천을 논하는 관념은 봉건시대 자본주의 사회의 구습이며, 당대인들이 이러한 관념에서 벗어나도록 노력해야 한다고 언급했다.

상술한 바와 같이 정래동이 여성 문제에 대해 언급한 여러 저작을 살펴보면, 그는 줄곧 어떻게 새로운 가정을 꾸려야 하는지 고민하였고, 신여성으로서의 중국 현대여성 작가에 많은 관심을 기울였다. 그의 이러한 괌점은『신가정』이 창간한 목적과 일치하며, 그가 당시 여성들을 어떻게 진정한 의미의 '신여성'으로 성장시킬 것인가에 대해 고민하고 탐구해왔다는 사실을 알 수 있다.

정」제11호에 처음 발표하였다.

88) 정래동,「女性運動家여 닥치는 대로 하시오」, 앞의 책, pp.472-474. 원문은 1933년 4월『신가정』제4호에 처음 발표하였다.

제4절 중국 현대 여성 문학에 대한 한국인의 평론

1. 중국 현대 여성 문학 평론의 흐름

현재까지 파악된 자료에 따르면, 일제강점기 한국 문단에 발표된 현대 여성 작가와 그 작품에 대한 소개 및 평론은 총 40편이다. 이 중 전문적으로 중국 여성 작가만을 다룬 평론은 12편이며 목록은 아래와 같다.

〈표-6〉 중국 여성 작가 전문 소개 및 평론

제목	작가	출처	발표일시	언급된 여작가	비고
「中國尖端女性 맹렬한 그들의 활약」	未詳	『東亞日報』 5회 연재	1930.11.29.~12.5	氷心, 盧隱, 白薇, 綠漪, 馮沅君, 陳衡哲, 丁玲, 凌淑華, 陳學昭, 吳曙天, CF女士(張近芬), 林蘭, 君箴	
「中國의 「짠닥크」 淸末의 秋瑾女史」	丁來東	『婦人 新女性』 제6권 제10호	1932.10	秋瑾	
「氷心女士의 詩와 散文」	丁來東	『新家庭』 제1권 제8호	1933.08	氷心	
「中國의 女流作家」	丁來東	『新家庭』 제1권 제10호	1933.10	氷心, 石評梅, 盧隱, 丁玲, 綠漪, 淑華, 沅君, 白薇, 陳學昭, 吳曙天, 智珠, 陳衡哲, CF女士(張近芬), 露絲, 露明, 虞琰, 沉櫻, 沄沁, 逸霞(이하는 이름만 언급된작가)袁昌英, 沈性二, 林蘭, 張嫻, 高君箴崔小曼, 陳鴻壁, 文娜, 羣輝	
「中國女流作家論」	金光洲	『東亞日報』 21회 연재	1934.2.24.~3.30	氷心, 丁玲, 盧隱	번역
「中國女流作家의 創作論과 創作經驗」	丁來東	『新家庭』 제2권 제9호	1934.9	氷心, 丁玲, 白薇, 盧隱	

제목	작가	출처	발표일시	언급된 여작가	비고
「現代中國文壇의 十大女作家論」	李達	『東亞日報』 4회 연재	1935.1.16. -1.19	氷心, 盧隱, 凌淑華, 丁玲, 綠漪, 馮沅君, 沉櫻, 陳學昭, 白薇, 陳衡哲	번역
「中國文人 印象記」	丁來東	『東亞日報』 7회 연재	1935.5.1. -5.8	氷心	
「中國女流作家 丁玲에 對하여」	朴勝極	『朝鮮文壇』 제23호	1935.5.26	丁玲	
「白薇女士의 文學生活」	丁來東	『新家庭』 제3권 제7호	1935.7	白薇	
「現代支那의 女流作家」	李魯夫	『朝鮮日報』	1940.7.5	氷心, 盧隱, 丁玲, 凌叔華, 蕭紅, 馮沅君, 謝水瑩, 白薇	
「(支那 女流作家) 氷心·丁鈴의 作品」	朴天順 (朴勝極)	『三千里』 제13권 제12호	1941.12.1	氷心, 丁玲, 盧隱, 綠漪, 白薇, 陳衡哲, 袁昌英, 馮沅君, 凌淑華, 秋瑾	

그 외에 전문적으로 여성 작가만 다룬 글은 아니지만 중국 문단의 상황이나 작가작품 등을 소개하면서 여성 작가를 언급한 글도 존재한다. 이러한 유형의 글에 대한 구체적인 내용은 다음과 같다.

〈표-7〉 여성 작가 작품에 대해 부분적으로 언급한 글

제목	작가	출처	발표 시간	언급된 여작가	비고
「中國의 思想革命과 文學革命」	未详	『東亞日報』 13회 연재	1922.8.22. -9.4	氷心	
「中國現文壇槪觀」	丁來東	『朝鮮日報』	1929.7.26. -8.11	氷心	
「中國新詩槪觀」	丁來東	『朝鮮日報』 16회 연재	1930.1.1. -1.25	氷心	
「文學革命後의 中國文藝觀」	天台 山人 (金台俊)	『東亞日報』 18회 연재	1930.11.12. -12.8	氷心, 丁玲, 蘇雪林 (綠漪), 君女士 (馮淑蘭), 陳學昭, 白薇, 盧隱	
「新興中國文壇에 活躍하는 重要作家」	金台俊	『每日申報』 17회 연재	1931.1.1. -1.24	氷心, 白薇, 丁玲, 盧隱, 馮沅君, 陳學昭, 陳衡哲, 綠漪, 林蘭	

제목	작가	출처	발표 시간	언급된 여작가	비고
「現代中國戲劇」	丁來東	『東亞日報』 8회 연재	1931.3.31. -4.14	白薇	
「中國文人의 受難과 榮譽 一九三一年上半期文壇秘錄」	(이) 경손	『朝鮮日報』 3회 연재	1931.8.26. -8.29	白薇, 丁玲, 謝冰瑩	
「움직이는 中國文壇의 最近相」	丁來東	『朝鮮日報』 10회 연재	1931.11.8. -12.1	冰心, 丁玲, 盧隱, 虞岫雲(虞琰)	
「黑暗中의 紅光」	丁來東 譯	『東光』 제33호	1932.5.1	白薇	번역
「現代中國 新女性의 印象」	丁來東	『新家庭』 제2호	1933.2	冰心, 白薇, 丁玲, 綠漪, 沅君, 衡哲	
「藍衣社幹部에 死의 咀呪」	未詳	『朝鮮中央日報』 제2면 제6단	1933.6.19	丁玲	
「中國文壇 現狀」	丁來東	『東亞日報』 2회 연재	1933.10.26. -10.27	白薇	
「中國現代 文人綺談」	梁白華	『朝鮮日報』 20회 연재	1933.10.12. -11.12	謝冰瑩, 冰心, 盧隱, 蘇雪林(綠漪), 白薇, 丁玲, 陳學昭	
「朱湘과 中國詩壇」	丁來東	『東亞日報』 3회 연재	1934.5.1. -5.3	冰心	
「中國 新文藝의 百花陣」	盧子泳	『三千里』 제6권 제7호	1934.6.1	冰心, 白薇, 丁玲, 虞琰	
「中國文壇 雜話」	丁來東	『東亞日報』 4회 연재	1934.6.30. -7.4	― 陳學昭, 白薇, 丁玲, 凌淑華, 馮沅君, 冰心, 謝冰瑩, 蘇梅(綠漪), 盧葆華, 蒲佩, 楮松雪(張問鵑), 盧隱, 馮鍒, 符竹英, 陳乃文, 陳衡哲, 陳英(沉櫻), 張英, 張近芬, 許廣正, 高君珈, 金光娟, 杜錫棠(露絲), 石評梅 대부분 출생지나 필명 정도만 언급	

제목	작가	출처	발표 시간	언급된 여작가	비고
「注目을 끄으는 中國 백색테로 藍衣社解剖」	張繼青	『三千里』 제6권 제11호	1934.11.1	丁玲	
「中國文壇의 現勢 一瞥」	金光洲	『東亞日報』 4회 연재	1935.2.5. ─2.8	丁玲	
「中國新詩와 戲劇」[海外文壇消息]	李達	『東亞日報』 제3면	1935.3.1	氷心	
「中國文壇의 最近動向」	金光洲	『東亞日報』 6회 연재	1936.2.20. ─2.26	蕭紅, 沉櫻, 凌淑華	
「中國의 [國防藝術](完) 文藝家協會의 結成」	金光洲	『東亞日報』 제7면	1936.7.23	白薇, 氷心	
「魯迅追悼文」	李陸史	『朝鮮日報』 제5면	1936.10.23	丁玲	
「現代中國新詩壇의 狀況」	尹永春	『白光』	1937.6	氷心	
「上海南京의 新女性, 우오른大學 敎授에서 女巡査에 일으기까지」(소식)	未詳	『三千里』 제9권 제5호	1937.10.1	氷心, 丁玲, 凌淑華	
「動亂 中의 中國 作家」	金學俊	『三千里』 제12권 제4호	1940.4.1	丁玲	
「中國現代詩의 一斷面」	李陸史	『春秋』 제6호	1941.6.1	氷心	
「話題 朝鮮·內地·海外 話題─에 흘러 다니는─」(소식)	未詳	『三千里』 제13권 제6호	1941.6.1	氷心	
「戰爭中의 中國文藝」	荻崖	『大東亞』 제14권 제5호	1942.7.1	丁玲	

위 표에서 볼 수 있는 것처럼, 전문적 평론에는 중국 현대 여성 작가의 전반적인 상황을 소개하는 글뿐만 아니라, 여성 작가의 문학 생활과 창작 경험에 대해 소개하는 글, 여성 작가와 그 작품을 소개하는 글과 여작가의 작품들을 연구하는 글도 있다. 또한 이러한 글들을 전반적으로 살펴볼 때 여성 작가와 작품 제목과 내용을 간략하게 서술한 글이 많은 편이며, 소개

하는 방식도 주로 중국 현대 문학 상황이나 남성 작가에 관해 소개하는 내용에 개략적으로 언급되는 것이 일반적이다. 하지만 이러한 유형의 소개글과 거기에 나타나는 작품들이 여성 작가를 알리는 데 상당한 역할을 했다는 점에서는 이견이 없다.

위의 표에 정리된 내용을 발표 연도별, 저자별, 매체별로 나누어 그래프로 살펴보면 아래와 같다.

1922년 『동아일보』에 저자미상 발표된 「中國의 思想革命과 文學革命」에서 처음으로 빙신이 언급되었고, 1929년 발표된 정래동의 「中國 現文壇 槪觀」에서 두번째로 언급되었다. 이렇게 두 편의 글이 바로 1920년대에 중국 여성 작가를 언급한 글의 전부이다. 관련 글 40편 중 32편이 모두 1930년대에 집중적으로 발표되었고, 1940년대 초에는 6편이 발표되었다.

〈표-8〉 연도별 발표 현황

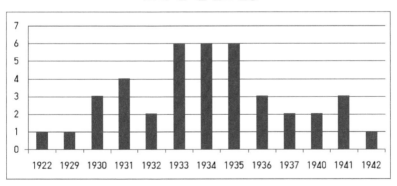

중국 현대 여성 작가와 작품이 한국으로 전파되는 과정에서 한국의 많은 번역가, 작가, 평론가들이 적지 않은 기여를 했다. 대표적인 작가로는 정래동, 김광주, 박승극 등이 있으며, 이 중 정래동의 성과가 가장 두드러

〈표-9〉 저자별 발표현황

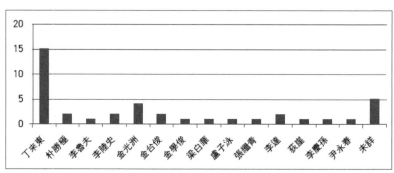

진다.

위 그래프에서 볼 수 있듯이 정래동은 당시 발표된 전문 칼럼 12편 중 6편, 여성 작가에 대해 언급한 글 28편 중 9편을 저술해 중국 여성 작가를 소개하는 데 앞장섰다. 그는 1920년대 초부터 1930년대 말까지 중국 현대 여성 작가 및 중국 신여성에 대한 22여 편의 논평과 소개 글을 발표하는 등 중국 현대 여성 작가 및 그 작품을 수용·전파·연구하는 데에 있어 성과가 가장 뛰어난 인물이다.

다음으로 김광주와 이달과 같은 인물들은 여성 작가에 대해 평론집에 대한 번역을 내놓았다. 박승극은 1930년대 후반부터 1940년대 초까지 여성 작가에 관한 전문적인 논평문 2편을 발표하고 이어 이노부는 1940년대 비평을 한 편 발표했다.

그 밖의 한국 문인들은 주로 중국 여성 작가들을 끼워 넣는 형태로 서술하였다. 이러한 형태의 서술에서 중국 여성 작가들은 중국 현대 문학 전반에 대한 소개나 남성 작가들에 대한 소개에서 간단히 언급된다.

중국 현대 여성 작가들을 소개하고 전파하는 데에 전파 매체가 담당한 역할 역시 짚고 넘어가야 할 부분이다. 이 시기 여성 작가를 소개한 신문

가운데 가장 먼저, 가장 앞선 것은 『동아일보』였다. 이후 『조선일보』·『삼천리』·『신가정』·『동광』·『부인』·『조선문단』·『백광』·『춘추』·『대동아』 등 십여 종의 잡지와 신문에서 40편 정도의 중국 여성 작가 관련 평론 기사와 연구 논문이 실렸다. 그런데 이러한 언론 매체의 상황을 살펴볼 때 일본의 한국 식민 통치 방식이 전환되었다는 점을 고려해야 한다. 1919년 3·1운동 이후 한국 민중의 반일 정서가 고조됨에 따라 일본 식민 통치방식을 부드럽고 여유로운 문화통치로 전환했다. 이와 같은 변화는 한정된 범위 내에서 한국 민중의 간행물 발행이 가능하게 하였으며, 자신의 발언을 내세우는 것도 가능해졌다.[89] 이런 문화정책 속에서 한국의 현대적 매체가 전례 없이 발전하였는데, 이는 중국 현대 여성 작가와 작품을 전파하는 데 큰 영향을 미쳤다.

〈표-10〉 매체별 발표현황

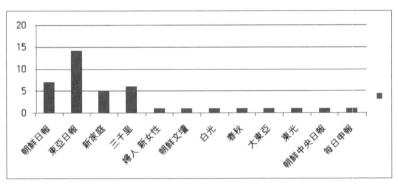

위 표에서 볼 수 있다시피 매체를 통해 한국 문단과 독자들은 중국 현대 여성 작가에 대해 많은 정보를 접할 수 있었으며, 그 중 당시 신문 잡지 중 가장 많은 14편이 『동아일보』에 실렸다. 이를 통해 당시 매체가 중국 현

---

89) 金哲, 『20世紀上半期中朝現代文學關系研究』, 山東大學出版社, 2013. p.63.

대 여성 작가의 수용에 중요한 역할을 담당했다는 사실을 알 수 있다.

한국 문단에 소개되었던 중국의 여성 작가들은 1920년에서 1945년까지 모두 40여 명이다. 또 아래의 〈표-11〉을 살펴보면 주로 소개된 작가들이 빙신, 루인, 바이웨이, 딩링, 녹의(綠漪), 진학소, 링수화, 천헝저, 침앵(沉櫻) 순으로 자주 거론되었다.

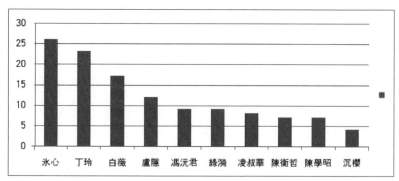

〈표-11〉중국 현대 여성 작가 언급 빈도수

이 시기 한국 문인들의 여성 작가에 대한 관심은 개별 여성 작가에 대한 소개와 여성 작가군에 대한 소개로 나누어 살펴볼 수 있다. 빙신, 딩링, 바이웨이, 추근에 대해서는 별도의 논평문이 발표되고 중국 문단의 상황 등을 소개하는 글에서도 따로 언급되기도 했다. 한편 루인, 녹의, 평위안쥔, 진학소, 링수화 등 여성 작가들은 여성 작가군으로 거론되어 전반적인 창작 상황을 소개하는 과정에서 언급되었다.

그 중 당시 한국 문단에 가장 먼저 소개되어 가장 많은 주목을 받은 여성 작가는 빙신이다. 빙신에 관한 전문적인 평론문은 정래동의 「冰心 女士의 詩와 산문」과 「中國文人 印象記」가 2편이 대표적이다. 그리고 빙신을 단독으로 언급한 글은 8편이며, 이 중 정래동은 3편의 글에 걸쳐 빙신을 언급하여 가장 많은 횟수에 걸쳐 빙신에 대한 글을 작성했다. 당시 빙신 이외에 딩링도 주목받고 있었다. 딩링에 관한 전문 평론문은 박승극의 「中國女流作家 丁玲에 對하여」 1편을 꼽을 수 있으며, 그녀에 대한 단독으로 언급한 글은 5편이다. 이 밖에 1940년대 초 빙신과 딩링을 대비하여 서술한 전문 평론 두 편이 등장했다. 하나는 1940년 7월 5일 이노부가 『조선일보』에 발표한 「現代支那의 女流作家」[90]이고, 다른 하나는 1941년 12월 1일 박승극이 『삼천리』에 발표한 「(支那 女流作家)冰心·丁鈴의 作品」[91]을 꼽을 수 있다. 또 정래동의 「白薇女士의 文學生活」에서 바이웨이를 언급하였으며, 그는 세 차례에 걸쳐 바이웨이에 관한 전문적인 평론문의 글을 발표했다.

마지막으로 루인, 녹의, 평위안쥔, 진학소, 천헝저, 링수화, 침앵 등 여성 작가들이 여성 작가군으로 묶여 이들의 전체적인 창작 상황을 소개하는 글에서 언급되었다. 여성 작가군에 관한 전문적인 평론문은 5편을 꼽을 수 있다. 그 가운데에는 정래동이 발표한 「中國의 女流作家」와 「中國女流作家의 創作論과 創作經驗」, 미상의 작가가 쓴 「中國尖端女性 맹렬한 그들의 활약」이 당시에 발표된 여성 작가군에 대한 글이다. 또한 김광주와 이달은 여성 작가군의 평론집에 대한 번역을 진행하였는데, 여성 작가군에 대해 언급한 글은 10편으로 대부분 중국 문단의 전반적인 동향과 신여성을 소개하는 글이다.

위에서 언급한 주요 작가 외에도 여러 글에서 언급된 작가들은 30여 명에 이른다. 원창영(袁昌英)·샤오훙·세빙잉·수메·오서천·지주·루바오화(盧葆華)·푸페이쉬안(蒲佩萱)·추송쉐(楮松雪)·푸주잉(符竹英)·천나이원(陳乃文)·장잉(張英)·CF녀사(CF女士)·쉬광정(許廣正)·가오쥔지아(高君珈)·진광주안(金光娟)·두시탕(杜錫棠)·스핑메이·위슈윈(虞岫雲)·윈친(沅沁)·이지(逸霽)·선싱얼(沈性二)·린란(林蘭)·장시엔(張嫺)·가오쥔전(高君箋)·루샤오만(陸小曼)·천

90) 이노부, 「現代支那의 女流作家」, 『조선일보』 제3면, 1940.7.5.
91) 박승극, 「(支那 女流作家)冰心·丁鈴의 作品」, 『삼천리』 제13권 제12호, 1941.12.1.

홍비(陳鴻璧)·원나(文娜)·친후이(輩輝) 등의 여성 작가들이 언급되었다.[92]

한국의 문단에 소개되거나 거론된 여성 작가의 대표 작품은 다음과 같다.

〈표-12〉 평론에 거론된 중국 여성 작가의 작품 및 작품집

	작가	언급된 작품 또는 작품집
1	冰心	시집: 『繁星』, 『春水』 소설: 「最初의晩餐會」「兩個家庭」 소설집: 『超人』(「離家的壹年」「最後的使者」「愛的實現」) 산문집: 『寄小讀者』(「山中雜記」), 『往事』, 『南歸』
2	丁玲	소설집: 『在黑暗中』(「夢珂」「莎菲女士的日記」), 『一個女人』(「他走後」), 『自殺日記』, 『韋護』, 『水』(「田家沖」), 『一九三〇年春上海』, 『夜會』, 『法網』 소설: 「他走後」, 「松子」, 「母親」 산문: 『創作的經驗』(「我的創作生活」), 「我的創作經驗」
3	白薇	희극: 『琳麗』, 『打出幽靈塔』 소설: 『炸彈與征鳥』, 『愛網』 「驚」「娘姨」「薔薇酒」「敵同志」
4	廬隠	소설집: 『海濱故人』(「或人的悲哀」), 『曼麗』, 『玫瑰的刺』 산문집: 『靈海潮汐』, 『雲鷗情書集』
5	凌淑华	소설집: 『花之寺』(「酒後」), 『女人』
6	绿漪	산문집: 『綠天』 소설: 「棘心」, 「李義山戀愛事迹考」
7	冯沅君	소설집: 『卷葹』, 『春痕』, 『劫灰』 소설: 「慈母」「旅行」
8	陳學昭	산문집: 『倦旅』, 『烟霞伴侶』, 『寸草心』, 『如夢』 소설: 『南風的夢』
9	陳衡哲	소설집: 『小雨點』 소설: 「꿈과 희망」
10	沉櫻	소설집: 『某少女』
11	谢冰莹	소설: 『從軍日記』, 『一個女兵的自傳』
12	萧红	소설: 『生死場』, 「家族以外이사람」
13	吳曙天	산문집: 『斷篇의 回憶』
14	逸霄	시집: 『綠箋』

---

92) 여기에 대부분의 여성 작가들은 정래동의 「中國文壇 雜話」라는 글에서 나왔는
데, 이 글은 수 많은 여성 작가들의 출신지와 필명을 언급했다.

	작가	언급된 작품 또는 작품집
15	袁昌英	희극집: 『孔雀東南飛及其他獨幕劇』
16	CF여사(張近芬)	시집: 『浪花』
17	虞琰	시집: 『湖風』
18	露絲여사(杜錫棠)	시집: 『星夜』
19	沄沁	시집: 『漫雲』

이처럼 일제강점기에 소개된 여성 작가의 대표 작품은 대부분 이미 출간된 시집, 소설집, 산문집 등이며 여기서는 작품 영역본이나 일역본 등에 대해 여러 차례 언급했다.[93] 이러한 글들은 여성 작가들의 잡지나 지면에 실린 작품 모음집과 번역이 확산되는 데 상당한 역할을 했으며 여성 작가들의 전반적인 창작 실적이 나타나는 데에 도움을 주었다. 다른 한편으로 이와 같은 글들은 비평가들과 독자들을 위해 참고할 수 있는 자료를 제공하였다. 비평가들이 여성 작가들의 작품 스타일을 논할 때, 그들은 대부분 잡지나 신문에 발표된 작품이 아닌 그들이 수집한 작품들을 참고하고자 한다.

---

93) 예를 들어 1930년 1월 정래동 『동아일보』에 게재한 「中國新詩槪觀」에서 빙신의 작품을 소개할 때, "近頃에 「春水」는 英譯이 出版되엿다"라고 언급했다. 1930년 『동아일보』에 게재한 저자 미상의 「中國尖端女性 맹렬한 그들의 활약(3)」에서 "「애의 실현」은 일문으로 번역"이라고 언급했다. 1933년 10월 14일 양백화 『조선일보』에 발표된 「中國現代 文人綺談」(三)에서 "從軍日日記를 語堂이 英譯하야 米國의 文學雜認에 投稿하야 好評이엇슴으로 氷瑩의 이름은 一層 놉핫섯다"라고 언급했다. 1931년 8월 29일 경손 『조선일보』에 발표된 「中國文人의 受難과 榮譽 一九三一年上半期文壇秘緣」에서 "米國의 東西文學業書인 最近大刊行은 中國部의 「아의幼年」沈*永「무지개」丁玲女史의 「韋護」林疑今君의 「旗빨」巴金君의 「滅亡」을 翻譯出版하엿다 海陸豊赤軍戰爭에 參戰하엿던 女子赤兵 謝泳瀅의 小說「從軍集」는 그간美國 「뉴--매쎄스」의出版으로 譯되더니 지금 다시 「파헴킨」君의 손으로 佛譯이 되는 中이다."라고 언급했다.

2. 정래동의 중국 현대 여성 문학 평론과 문학관

위에서 논의한 전반적 인식에서 보여주다시피 중국 현대 여성 문학에 대한 평론은 개별 작가의 평론이 주를 이루며, 그 중에서도 정래동의 평론이 대부분을 차지한다. 정래동은 10년에 가까운 중국 유학생활을 통해 1920년대 초부터 1930년대 말까지 중국 현대 여성 작가 및 중국 신여성에 대한 21여 편의 논평 및 소개하는 글을 발표하였으며 1930년대 말부터 일본의 문화 통치가 강화되면서 한국어 사용이 제한되자 글쓰기를 중단했다. 따라서 그의 창작은 1930년대 초에 집중된다. 이 가운데 전문적으로 중국 현대 여성 작가를 소개하고 평론한 글이 6편, 중국 현대 문단 및 일부 남성 작가들에 대한 소개 중 중국 현대 여성 작가들을 언급한 글이 9편이다. 따라서 본 절에서는 중국 현대 여성 문학에 대한 정래동의 평론을 집중적으로 조명하고자 한다.

〈표-13〉 정래동이 전문적으로 중국 현대 여성 작가를 소개하고 평론한 글

	제목	출처	발표 시간
1	「中國의 「짠닥크」 清末의 秋瑾女史」	『婦人 新女性』 제6권 제10호	1932.10
2	「氷心女士의 詩와 散文」	『新家庭』 제1권 제8호	1933.08
3	「中國의 女流作家」	『新家庭』 제1권 제10호	1933.10
4	「中國女流作家의 創作論과 創作經驗」	『新家庭』 제2권 제9호	1934.9
5	「中國文人 印象記」	『東亞日報』	1935.5.1～5.8
6	「白薇女士의 文學生活」	『新家庭』 제3권 제7호	1935.7

〈표-14〉 정래동이 중국 현대 여성 작가를 언급한 글

	제목	출처	발표 시간
1	「中國 現文壇 槪觀」	『朝鮮日報』	1929.7.26～8.11
2	「中國新詩槪觀」	『朝鮮日報』	1930.1.1～1.25
3	「現代 中國 戲劇」	『東亞日報』	1931.3.31～4.14

	제목	출처	발표 시간
4	「움직이는 中國文壇의 最近相」	『朝鮮日報』	1931.11.8~12.1
5	「黑暗中의 紅光」	『東光』 제33호	1932.5.1
6	「現代中國 新女性의 印象」	『新家庭』 제2호	1933.2
7	「中國文壇 現狀」	『東亞日報』	1933.10.27
8	「朱湘과 中國詩壇」	『東亞日報』	1934.5.1~5.3
9	「中國文壇 雜話」	『東亞日報』	1934.6.30~7.4

정래동은 「中國의 女流作家」, 「中國女流作家의 創作論과 創作經驗」과 같은 문장들에서 신문학운동 이후 중국 문학계에서 여성 작가의 작품이 남성 작가 못지않게 중요시되고 있다고 소개하면서 "여성 작가는 어떤 경험을 통해서 오늘날의 작가로 거듭났는가?", "중국 신문예에 관심을 가지고 있는 여성들은 창작에 대해 어떤 의견을 가지고 있는가?", 혹은 "이들 여성 작가들은 어떤 작품을 쓰고자 하는가?"와 같은 여러 가지 명제들을 제기하면서 이러한 문제의식은 당시 한국 문단의 여성 작가들에게도 참고할만한 가치가 있다고 주장했다. 그는 중국의 현대문학에는 여성 작가를 논하는 신구 서적이 매우 많지만, 남성 작가를 다룬 것처럼 여성 작가를 다룬 서적은 오히려 적어서 소개하는 글과 평론만 보고 실제로 작품을 보지 않으면 옥석을 가리기 어려운 경우가 많다고도 했는데 이는 정래동이 중국 여성 작가들을 적극적으로 소개하게 된 하나의 동기라고 할 수 있다.

1) 정래동의 중국 현대 여성 문학 소개와 평론

(1) 빙신의 시

정래동은 「中國 現文壇 槪觀」, 「中國新詩槪觀」, 「朱湘과 中國詩壇」 등 중국의 신시와 대표작가 및 작품을 소개하는 여러 편의 글에서 빙신의 시가를 간단히 언급하였으며, 그에 대한 전문적인 논평문도 두 편에 달한다. 1934년 9월 정래동은 『신가정』 제2권 제9호에 「中國女流作家의 創作論과 創

作經驗談」을 게재하였는데, 그는 빙신의 「나의 문학생활」을 번역 소개하면
서 빙신이 문학에 대해 품고 있던 사랑과 그녀가 가지고 있었던 문학적 소
양을 주로 소개했다.

> "바람 불고 비가 와서 밖에 나가지 못할 때에는, 어머니나 젖어머니에게 매달
> 려 이야기를 해 달라고 했었다. 「老虎姨」·「蛇郎」·「牛郎織女」·「梁山伯 祝英
> 台」등을 다 듣고 나서는 나는 또 안분을 하기가 싫었었다. 그때 나는 벌써
> 二·三百 자나 글자를 알았고 (중략) 일곱 살 때「三國志」·「水滸傳」·「聊齋誌
> 異」등을 半知未知나마 다 보고, 「孝女耐兒傳」·「滑稽外史」·「塊肉餘生述」등
> 을 다 보았다 한다. (중략) 그 후 열 한 살 때에는「說部叢書」전부를 다 보고,
> 「西遊記」·「水滸傳」·「天雨花」·「再生緣」·「女兒英雄傳」·「說岳」·「東周列國志」
> 등등을 다 보았으며, (중략) 대개 열 살 때에「論語」·「左傳」·「唐詩」등과 신구
> 散文 곧 「班昭女戒」·「飮水室自由書」등을 보아서 처음으로 시에 접촉하게 되
> 고, 더러 舊詩도 지어 보았다 한다."[94]

1933년 8월 『신가정』의 제1권 제8호에 발표된 「冰心女士의 詩와 散文」은
비교적 많은 지면을 할애하여 시의 형식적 특징, 내용적 특징, 사상적 특징
세 방면에서 빙신의 시와 산문을 중점적으로 소개하였다. 정래동은 빙신의
시에 드러나는 강직미를 언급하고, 빙신이 전통적인 제도와 관습에 반항하
고 해방과 자유를 추구했던 점을 강조했다. 그는 중국 신시의 기원을 세
가지로 나누어서 설명하면서, 그 중 한 가지로서 인도 타고르의 시에서 영
향을 받아 신시의 장을 연 사람으로는 빙신을 빼놓을 수 없다고 주장했다.

---

94) 정래동, 『丁來東全集II·評論篇』, 금강출판사, 1971. pp.166-167.

"中國新詩의 起源을 찾자면, 여러 가지 방면이 있다. 첫째는 중국 古來의 詞曲에서 蛻化한 것을 들 수 있고, 둘째는 외국의 詩에서 받은 영향을 들 수 있다. 또 외국에서 들어온 영향 중에서도 두 가지를 들 수 있으니, 첫째는 日本의 和歌·俳句의 영향을 받은 것이고, 둘째는 印度 타골의 영향이다. 인도 타골의 詩의 영향을 말할 때 우리는 氷心 여사를 잊을 수가 없을 뿐만 아니라, 新詩의 한 區角을 점하고 있는 氷心 여사를 말하지 않을 수 없는 것이다."[95]

빙신 시의 형식적 특징을 언급함에 있어 정래동은 그녀의 시가 어떠한 정형에도 구애받지 않고 감흥에 따라 썼기에 자연스러움이 나타난다고 보았다. 그의 이러한 주장은 빙신의 시에 묘미가 많으며, 세밀한 묘사나 표현 보다는 '자연 두 줄의 한 首도 있게 되어, 警句와 格言에 비슷한 시가 많다'고 설명한 곳에서도 나타난다. 중국에서는 당시 오언사어(五言四語)의 스무 자를 기본 단위로 시를 읊던 전통이 있었다. 정래동이 보기에 빙신의 작품에 바로 이러한 전통시의 정취가 남아있다는 것이다. 그래서 정래동은 "그 표현은 이와 같이 평범하고 대범하지마는, 한 번 읽고 두 번 읽을수록 시를 읽는구나 하는 마음이 자연히 일어나는 것이다."라고 감탄했던 것이다.

정래동은 빙신의 시에는 세 가지 특징이 있다고 했다. 첫째는 철학적인 측면이 강하면서도 민중을 대변하는 요소가 많은 것이고, 둘째는 시적인 감정이 '청정'하여 바위틈으로 흐르는 시냇물과 같은 것이며, 셋째는 시인의 강직한 면모와 불굴의 의지가 잘 나타난다고 했다. 정래동의 시선에서 바라본 빙신은 어디로든 용감스럽게 전진할 수 있는 작가이며, 주의 환경의 제약에서 벗어날 수 있는 힘을 가지고 있었다.

---

95) 정래동, 「氷心女士의 詩와 散文」, 『丁來東全集·學術論文篇』, 금강출판사, 1971. p.264.

"그러나 이와 같이 아름답고 깨끗한 반면에는 또 강직하여서 굽힐 수 없는 의
지가 있는 것을 알 수가 있다. 이 시인의 그 자연과 인생을 동경하는 마음,
그 결백하고 순결한 마음은 밝은 꽃이나 푸른 잎과 같이 연약하게 아름다운
마음이 아니고, 백옥이나 금강석과 같이 투명하고 순결하고 강직한 美를 가
지고 있는 것을 알 수가 있다. 그러므로 그의 시에는 다른 여류 작가들과 같
이 回憶 잠겨서 애수한다든지, 혹은 厭世의 頹廢 경향이 적고, 어디까지나 용
감스럽게 전진하며, 주위 환경에서 벗어나려는 힘이 보인다.96)

이제 정래동이 1935년 5월 『동아일보』에 게재한 「中國文人 印象記」을 살
펴보도록 하자. 이 글에서는 정래동은 후스, 루쉰, 저우쭤런, 류푸(劉復), 빙
신, 정전둬(鄭振鐸)등 여섯 작가에 대한 인상을 서술하였다. 이 중에서 빙
신에 대해 언급한 부분을 살펴보면, 정래동은 그녀에 대해 말투를 언급하
기도 하고, 남성적인 외형적 특징을 언급하는 등 비교적 상세한 부분을 독
자들에게 소개하였다.

정래동은 빙신의 고전에 대한 취향을 언급하면서 그녀의 성격을 우회적
으로 제시하였다. 빙신은 『홍루몽(红楼梦)』 등의 소설에 큰 흥미를 느끼지
못하였으며 오히려 『수호전(水浒传)』을 동경하였다고 한다. 이러한 사실은
빙신이 『홍루몽』과 같은 애정류 소설을 선호하던 과거 중국 여성들과 구별
되는 성격의 소유자라는 사실을 짐작케 한다. 정래동은 빙신의 시가를 읽
은 소감을 이야기하며, 작품에는 빙신이 아름다운 여인이면서 동시에 용감
한 태도로 전진하는 여성임이 드러난다고 언급하기도 했다. 이렇게 판단할
수 있는 것은 빙신의 어조에서 연약한 보통 여성과는 다른 점이 드러나기
때문이다. 정래동은 빙신에 대해 언급하면서 그녀를 만난 경험을 회상하기

---

96) 정래동, 「氷心女士의 詩와 散文」, 앞의 책. pp.269-270.

도 한다. 그가 처음 빙신을 보았을 때는 그녀가 미국에서 귀국하여 미국 희극에 관한 강연을 하던 시기였다. 정래동은 빙신의 탄탄한 체격과 남성적인 목소리가 가장 인상에 깊었다고 회상했다. 정래동은 구체적인 이미지를 제시하며 빙신을 묘사하기도 하였는데 그녀는 마치 열심히 일하는 소녀처럼 장식이 없는 옷차림을 하고 있었고, 이러한 외양에서 남성적인 기개가 느껴지기도 했다는 것이다. 정래동이 빙신에 대해 묘사한 구체적인 내용 다음과 같다.

> "四十 左右에 達한 中國 女性으로서 「紅樓夢」과 같은 舊小說에 興味를 느끼지 않고, 도리어 「水滸傳」에 無限한 憧憬을 가진다면 그 性格이 過去 中國女性과 좀 다른 것을 짐작할 수 있을 것이다. 冰心女士는 山東省을 지날 때마다 「梁山伯」을 回憶하는 글을 發表하였다. 女士의 詩歌를 읽어 보면 아름답고 窈窕한 女子를 想像할 수 있는 同時에, 퍽으나 勇敢하고 前進的인 것도 推測할 수 있다.
>
> 더군다나 女士의 말하는 態度를 본다면, 女士는 조금도 연하고 보드랍고 가냘픈 보통 女子와 다른 것을 直覺할 수가 있을 것이다. 筆者가 처음에 女士의 얼굴을 본 것은 女士가 美國에서 回國하여 美國 戲曲에 대한 講演을 할 때였다.
>
> 첫째로 注意되는 것은 女史의 體格이 男性에 가깝도록 健實하고, 그 音聲이 男子의 音聲과 비슷한 점이다. 普通 말로 形容한다면 신 머슴애 같은 處女였다. 그 衣服에 女子다운 아무런 修飾이 없는 데 더욱 男性다운 점이 있었다 ."[97]

---

97) 정래동, 「中國文人 印象記」, 『丁來東全集II·評論篇』, 금강출판사, 1971. pp.148-149.

글의 마지막에서 정래동은 김광주의 빙신에 관한 논저가 이미 『동아일보』를 통해 발표된 바 있기에 더 이상 논할 바가 없다고 하였다. 이로부터 알 수 있는 부분은 정래동이 김광주의 글을 접한 적이 있다는 사실이다. 그런데 정래동이 말한 김광주의 글은 허위보의 『중국 현대 여성 작가론(中國現代女作家論)』를 번역한 것으로, 이 글에서는 빙신의 창작에 대해 신랄한 비판을 가하고 있다. 또한 이 글에서 대다수의 사람들이 공감할 수 있는 내용으로 천시잉(陳西瀅)이 빙신의 단편소설집 『초인(超人)』에 대해 언급하였던 내용인, "「超人」속의 大部分 小說은 學校門을 나서지 못한 聰明한 女子의 作品인 것을 척 보아 알 수가 있다. 人物과 發展이 實際를 너무 멀리 떨어져 있는 까닭이다."라는 말을 삽입하였다.

정래동이 이러한 비판조의 글을 본 것으로 추정이 되나, 그는 빙신에 대한 비판은 거론하지 않았다. 오히려 정래동은 천시잉의 비평에 대해 "詩人의 小說은 어떠한 作家의 것을 막론하고 이러한 缺點을 느끼게 된다. 그러나 그런 作品은 그러한 점에 特色이 있는 것도 事實이다."라고 지적했다. 반대로 빙신을 평가하는 데에 있어서 정래동은 "中國 新文壇에 最初의 女流作家로서 名聲이 錚錚하였던 것이다."라고 높은 평가를 하였다.

⑵ 딩링의 소설

정래동의 딩링에 대한 평가는 "개인의 社會環境을 소홀히 하지 않은 것과 여자의 心理描寫를 잘한 것"이라고 종합할 수 있다. 즉, 그는 딩링이 작품에서 주인공의 심리묘사에 뛰어나다는 점을 특별히 지적한 셈이다. 정래동은 딩링의 『웨이후(韋護)』무정부주의자인 여성과 마르크스주의자인 남성 사이에 일어난 연애 관계를 그려낸 것이라고 소개했으며, 이러한 작품이 탄생된 배경을 설명하며 딩링 역시 무정부주의자이고 마르크스주의자인 남성과 연애를 한다고 언급했다. 이어 정래동은 딩링이 연애 과정에서 의 여성 심리를 잘 묘사하는 원인과 그녀의 사상이 변화한 이유에 대해 언 급한 부분이 있는데 그 내용은 다음과 같다.

> "본래 丁玲 여사는 무정부주의자라고 하였는데, 후에 胡也頻이란 文人과 연 애하여 자기 사상에 변동을 일으킨 여자다. 上海에서 胡也頻과 「紅黑」이란 잡지도 간행한 일이 있고, 그 후에 「北斗」라는 잡지를 편집한 일도 있었다. 胡也頻이 죽은 후에 다른 마르크스주의자와 연애를 하다가 이번에 위에 말한 참변을 당하였다는 것이다. 丁玲 여사의 작품의 특색은 연애의 경험이 많은 때문인지, 연애 시대의 여성 심리를 잘 묘사한 데 있을 것이다."[98]

이 글에서는 딩링이 본래 무정부주의자였으나 후예핀이라는 문인과의 연애를 통해 자신의 사상적인 파동을 일으켰다는 점을 언급하였다. 그리고 딩링은 후예핀 사후 다른 마르크스주의자들과 연애하면서 사상이 급변했 다는 사실도 지적했다. 따라서 딩링의 작품은 풍부한 연애 경험을 바탕으 로 연애 과정 상의 여성 심리가 잘 드러난다고 평가한 것이다.

딩링의 사상적 전환은 달리 해석하면 개성의 자유와 해방을 추구하며 이상향을 추구하던 자아가 현실에 의해 무너진 사건이다. 딩링은 상급 학 교로 진학하려는 소망을 꺾어야 했으며, 이후에는 영화배우의 꿈도 포기하 게 되는 개인사를 겪었다. 그리고 그녀는 후예핀과 공동 창간한 『홍흑(紅 黑)』 잡지의 실패로 인해 큰 빚을 떠안기도 하였다. 설상가상으로 대혁명 의 실패와 샹징위(向警予)의 희생과 같은 사건은 딩링에게 충격적인 사건 이었으며, 국민당에 의해 자행된 백색테러는 그녀에게 참담한 심정을 느끼

---

98) 정래동, 「中國의 女流作家」, 『丁來東全集I·學術論文篇』, 금강출판사, 1971. p.287.

게 만들었다. 해당 시점에 딩링의 사상은 궁지에 몰렸다. 다른 한편으로는
1931년 발생한 후예핀의 희생이 딩링에게는 '좌전'의 도화선이 되었다.[99]
이 사건으로 인해 딩링의 창작에는 주목할 만한 변화가 일어났다. 정래동
은 이러한 변화를 두고 마르크스주의자와 연애하면서 일어난 사상적 격변
이라고 주장하였지만, 이와 같은 설명은 딩링에 대해 정래동이 온전하게
이해하지 못했다는 사실을 보여준다. 그가 딩링의 연애 경험을 운운하는
것은 당시 중국의 각종 잡지에서 딩링의 염문을 다룬 기사에 근거했을 가
능성이 있다.

1934년 9월 정래동은 『신가정』 제2권 제9호에 「中國女流作家의 創作論과
創作經驗談」에서 딩링의 「나의 창작생활」을 번역, 소개하면서 딩링이 자신
이 걷는 길에 대해 동의하지 않았다는 점, 그리고 그녀가 스스로의 작품을
지금까지 좋아한 적이 없으며 작가 자신이 소설을 쓰는 것은 환경과 매우
큰 관계가 있다고 한 부분까지 자세히 설명하고 있다.

> "나는 지금 거의 소설 쓰는 사람으로 인정되어 있고, 또 더 소설을 쓰려고 하
> 기는 하지만, 나 자신은 항상 내가 길어온 이 길에 同意를 하지 않는다. 나는
> 나의 작품에 대하여 본래 좋아하지 않는다. 나는 늘 많은 작가가 自信과 自慢
> 을 가지는 데 놀란다. 그러면 나는 왜 끝끝내 몇 개 소설을 쓰고 말았는가?
> 이것은 나의 환경이 퍽이나 큰 관계를 가지고 있다고 생각한다."[100]

정래동의 번역문에 따르면 딩링은 어린 시절을 몸이 약하여 밖에서 놀
수 없었고 어머니가 해주시는 이야기를 들으며 시간을 보냈다. 이후 십대

---

99) 施小芳, 「純淨信仰, 堅守自我—丁玲"左"轉再思考」, 『理論觀察』 제1기, 2018. p.53.
100) 정래동, 「中國女流作家의 創作論과 創作經驗」, 『丁來東全集II·評論篇』, 금강출판
　　사, 1971. pp.162-163

가 되어 외삼촌의 화원에서 하숙을 하며 혼자 책을 읽으며 지냈지만, 중학교에 진학한 이후에도 문학에 별로 흥미를 갖지 못했다고 한다.

> "현대 중국 여성에게는 과거 남성에게 愚弄당하여 온 것을 보복하기 위하야, 이후로는 남성을 반대로 우롱하여 보자는 재미없는 경향, 혹은 타락적 경향까지 보인다. 중국 여류 작가는 이런한 기로에 들어가는 경향을 청산하여 가며, 응당 나아갈 길을 찾느라고 고민하는 중이다. 그러므로 그네들은 사상적으로 여러 가지 차별이 있다. 그러나 이것은 필자의 呶呶를 요할 바가 아니요, 그네들의 의견과 서술을 통하여 독차가 추측하기를 바라는 바이다."[101]

이 예문을 보면 정래동은 초창기 딩링의 소피 이미지가 '남성을 우롱하고 재미없는 성향 혹은 타락한 성향'이며 미혹되어 잘못된 길로 들어서게 된다고 서술한 것으로 보아, 딩링은 문학에 대한 취미가 아니라 외로움 때문에 작품 활동을 시작하여 자신의 불만을 글로 표출했다고 보았음을 알 수 있다.

(3) 바이웨이의 희곡

그 외에 바이웨이도 정래동의 주목을 받은 작가이다. 1935년 7월, 정래동은 『신가정』에 바이웨이에 관한 전문적인 평론 「白薇女士의 文學生活」[102]라는 제목의 글을 실었다. 그는 바이웨이의 생활이 반항적이라는 점 유사하게, 그녀의 작품 속에는 많은 신여성들이 구사회와 싸우는 생생한 이야기가 담겨있다고 분석하였다. 또한 정래동은 바이웨이의 반항적인 인생역

---

101) 정래동, 「中國女流作家의 創作論과 創作經驗」, 앞의 책. p.157.
102) 정래동, 「白薇女士의 文學生活」, 앞의 책. pp.170-181.

정을 소개하면서, 전통적인 제도와 관습에서 벗어나 용감하게 반항하는 강직미와 남성적 특징을 강조하였다.

바이웨이는 5·4 운동 시기에 청년기를 보낸 인물로, 자연스럽게 5·4 계몽사상의 영향을 받았다. 5·4 신문화운동의 핵심 구호 중 하나는 '사람의 발견'이고, 이 시기 지식인들은 과거의 가족 중심적 전제사회에서 개인 중심의 민주사회로의 변화를 꾀했다. 당시 여성 문제의 초점도 민족, 국가, 사회 등에서 거대한 화두 아래 많은 이들이 여성의 인격적 독립에 관심을 가졌다. 즉 아내와 어머니가 되는 일보다 더 중요한 것은 인간이 되는 것이라는 구호가 등장한 것이다. 이러한 여성 해방의 열기 속에 바이웨이는 봉건적인 가정에 반대하고 봉건적인 결혼을 거부했다. 또한 그녀는 학업을 위해 가출하여 타향을 떠돌았는데, 이러한 경험이 작품에 대부분 반영되었다. 다이진화(戴錦華)와 멍웨(孟悅)는 바이웨이의 개인적인 경험은 현대적 의미의 여성 소설이나 여성 희곡 같다고 언급한 바 있다. 바이웨이에게는 엄격한 성품의 보수적인 부친이 있었고, 그녀는 성인이 되기 전에 시집을 가 모진 시집살이를 견뎌내야 했다. 바이웨이는 남편과 시어머니의 학대를 견디지 못하고 도망쳐서 학업에 정진하다 홀로 일본으로 망명했다. 그녀의 고통스러운 연정과 불치병을 가진 아버지의 딸로 태어난 여성들이 중국 세기 초반의 역사적 변천에서 겪은 파란만장한 경험이다.[103]

이 글에서 정래동도 바이웨이의 개인적인 경력에 주목하여 그녀의 삶을 세 부분으로 나누어 소개하였다. 정래동은 1부에서 바이웨이의 그림 애착과 독서 부문에서 나타난 변화를 서술하고, 2부에서 바이웨이가 일본으로 유학을 떠나게 된 과정과 유학 이후의 삶에 대해 이야기하고 문학을 접하게 된 동기를 언급하였다 그리고 정래동은 이 글의 3부에서 바이웨이의 분

---

103) 戴錦華, 孟悅, 『浮出歷史地表:現代婦女文學硏究』, 中國人民大學出版社, 2004. p.183.

투하는 과거와 처참한 삶의 인상을 각인시키기 위해 「내가 문학계에 던지는 초심」을 인용하고 바이웨이의 회고와 자서전 원문을 번역했다. 정래동은 봉건 가정에서 바이웨이가 어떻게 정신적, 육체적 억압을 받고 남편과 시어머니에게 학대를 당했는지 상세하게 소개하였으며, 바이웨이가 어떻게 '노예화'의 대상에서 반항자로 진화했는지 그 과정을 소개하였다.

정래동은 바이웨이가 나이가 서른 즈음되는 중국 여류 문단의 유일한 희곡작가라고 언급하였다. 또 그녀의 남성화된 형상[104]을 소개하였으며 바이웨이의 과거 경력이 다른 여성 작가들보다 풍부하다는 점도 지적했다. 바이웨이의 삶을 이야기할 때 반역과 반항을 빼놓을 수 없듯, 그녀의 작품에는 신여성들이 구사회와 싸우는 생생한 이야기들이 담겨있다. 정래동은 여성 작가의 개인적인 경험에 치중한 서술 방식을 택하여 바이웨이를 봉건적 가정의 폭력에 시달리는 비운의 인물이지만, 복종 대신 저항을 선택하고 학습과 글쓰기를 통해 자유로운 삶을 추구하는 과정에서 용기를 가지고 저항했던 인물로 서술하였다. 정래동은 이러한 바이웨이의 개인적 경험이 문학적 소양을 기르는 데에 기여했다고 강조했으며, 바이웨이와 같은 인생 역정을 소개하는 것이 한국 여성들에게 전통적 윤리 질서와 여성의 운명에 대해 계몽을 가져다줄지도 모른다고 생각했다.

이상, 정래동은 여성 작가들의 인생 역정에 관심이 많았으며, 그는 "왜 그네들은 안일한 가정생활을 싫어하고, 그런 신고를 겪으며 「노라」가 되는가", "그네들은 남자의 노예가 되기를 싫어하는 동시에, 가정의 속박을 싫어하며, 따라서 사회의 속박도 싫어하는 것이다. 가정에서나 사회에서나

---

104) "동창들은 그가 남장을 하고 머리를 깎고 초췌하며, 이상한 형용이 말할 수 없으므로, 모두들 그를 조소하고 냉소하여 가정에서 버려 분수에도 들지 못할 悖類로 알았던 것이다" 정래동, 「白薇女士의 文學生活」, 『丁來東全集Ⅱ·評論篇』, 금강출판사, 1971. p.178.

남자에게 대해서나, 한 개의 인격자, 다시 말해서 독립자로서 그 一員이 되어 참가하겠다는 요구에 불과할 것"[105]이기 때문이라고 말한 바 있다. 이와 같이 정래동의 중국 현대 여성 작가들에 대한 소개와 비평은 몇 가지 특징을 보여준다. 우선, 그는 특히 시가에 관심이 많았으며 시에 대한 평가가 다른 분야보다 후한 편이었다. 정래동이 다양한 여성 작가의 시 가운데서도 빙신의 백화시를 높게 평가했다는 점도 두드러지는 특징이다. 둘째로, 정래동은 중국 여성 작가와 작품을 소개하였는데, 빙신과 바이웨이에 대해 소개하는 데에 주력하는 특성이 보인다. 반면 당시 중국 문단에 주목을 받았던 딩링에 대해서는 비교적 소홀하게 다뤘다. 셋째, 정래동은 시인 빙신과 극작가 바이웨이에 대해 전문적으로 소개했으며, 전통적인 제도와 관습에서 탈피하여 저항적이고 강직미를 갖춘 그녀의 삶을 특기하였다.

2) 정래동의 문학관

(1) 현대문학에 대한 견해

정래동이 북경에서 유학한 시기는 1924년에서 1932년이다. 이 시기는 5.4 신문화운동이 일어났고 문학혁명에서 대혁명으로 전환이 실패하는 시점과 맞물려 있다. 당시는 흔히 현대문학사의 첫 10년((1917~1927년)이라 불리는 시기로 알려져 있으며, 중국의 현대 여성 작가들 상당수가 해당 시기에 등장하였다. 그리고 이 시기 중국 문단 여성 작가들에 대한 관심은 주로 빙신에 집중되었다. 이런 현상은 빙신이 같은 시기의 다른 여성 작가들에 비해 글을 가장 일찍 발표했기 때문에 일어났다. 그리고 그녀가 발표한 소시와 산문도 신문화운동에서 중시했던 백화문 어투에 부합했다. 당시 황영(黃英)의 말처럼 "그녀-셰완잉(謝婉瑩)은 의심할 바 없이, 신문에 운동

---

105) 정래동, 「中國女流作家의 創作論과 創作經驗」, 앞의 책. p.157.

에서 최초이고 가장 힘있으며 가장 전형적인 여성 시인이다". 반면 딩링은 빙신과 상황이 달랐다. 딩링의 문예 창작은 1920년대 후반기에 비로소 막을 올리게 되며, 그녀의 창작과 작품이 끼친 영향은 주로 중국 현대 문학사 두 번째 10년의 사건들과 연관되었다.

이러한 시대적 조류의 영향과 중국체험을 통해 형성된 정래동의 문학관의 핵심은 아마도 그의 현대문학에 대한 이해가 될 것이다. 중국 문화운동의 제창자들은 봉건전통문화에 대한 총체적 청산이 반드시 봉건제도의 도구인 구문학과 문언문을 모두 제거하는 데에서 출발한다고 보면서 문언에 반대하며 백화를 제창하고, 구문학을 반대하며 신문학을 강조하는 문학혁명을 추진하였다.[106] 중국의 신문학 운동에 주목한 정래동은 「中國 新文學의 槪況」이라는 글을 통해 정래동이 바라본 중국 신문학운동의 핵심은 문체 방면에서는 백화문을 사용하고, 내용 측면에서는 국민에 관한 내용을 담고 사실묘사에 치중하는 것을 가리킨다. 전환기를 맞고 있는 한국 문단은 스스로의 발전을 도모하기 위해 외국의 우수한 문화적 자양분을 끊임없이 수용하는 상황이었다. 그리고 한국과 중국의 발전 과정에서 동일한 한자 문화권인 한국 문단은 중국과 유사한 언문 불일치 문제를 겪고 있었다. 한국 문단은 이런 상황을 바꿔야 할 필요성을 절실히 체감하고 있었다. 이러한 상황에서 한국 문단에는 1920년대 초반부터 후스와 그의 신문학이론에 관심을 갖고 이러한 변화상을 본격적으로 소개되기 시작했다.[107] 정래동은 이러한 중국의 문학 이론 제시와 실천 양상을 분석하여 빙신의 시가 후스의 이론이 실현된 모범적 작품이라고 여겼다.

"中國 新文學은 一九一七年 胡適의 「文學改良芻議」로부터 시작되어 陳獨秀

---

106) 錢理群, 『中國現代文學三十年』, 北京大學出版社, 1998. p.6.
107) 金哲, 『20世紀上半期中朝現代文學關系研究』, 山東大學出版社, 2013. p.81.

의 「文學革命論」의 發表로 問題가 提起되었다. 이어 一九一九年에 五·四運
動이 일어나자 中國 新文學運動은 長足의 發展을 보게 되었다.

中國 新文學運動의 內容을 요약하면 다음과 같다.

(1) 文學作品의 用語를 「白話」(口語化)로 하자는 것

(2) 文學作品의 內容은 「國民的·寫實的인 社會文學」이어야 한다는 것

위의 用語問題 즉 白話專用問題에 관하여는 論爭이 있었으나 결국은 實現이
되고 말았다. 中國의 文學作品은 거의 대부분이 古文(漢文)으로 되어 있었으
므로 大衆化가 되지 못하고 小部分의 知識分子의 專用物 밖에 되지 않았었
던 것이다. 그러모로 文學이 一般民衆과 遊離되었던 것이 사실이다. 語文一
致는 世界的 潮流여서 文學革命 運動이 없었더라도 조만간 實現이었을 것이
나 胡適의 말과 같이 革命이라 해서 그 實現의 時期가 빨라진 것만은 사실
이다.

다음 第二의 問題 곧 「國民的·寫實的인 社會文學」說은 지금 와서 생각하면
當然한 趨勢라 하겠으나 五·四運動 당시의 中國 文學界에서 본다면 역시 큰
問題였으며 世界 文學潮流에 影響된 바가 컸었다.[108]

위 인용문을 보면 정래동은 중국 문학 작품은 대부분 한문으로 이루어
져 대중화와 거리가 멀었다는 점을 지적한다. 그 외에 신문학운동 진행 과
정에서 급선무로 해결해야 할 문제로 시를 꼽았다. 중국의 시는 시경의 사
언(四言)·초사(楚辭)·삼언 당시(三言唐)·오언(五言)·칠언(七言)·사(詞)·곡(曲)
등의 전통적 율격을 바탕으로 이뤄진다. 이러한 전통 시가의 규칙성은 일
정한 자수나 음운을 통해 나타나며, 시가 창작에서 탈피하기 어려운 원칙
이었다. 하지만 신문학운동의 이론을 따라 시를 지어 작품 속의 용어가 백

---

108) 정래동, 「中國 新文學의 槪況」, 『丁來東全集II·評論篇』, 금강출판사, 1971. p.114.

화로 이뤄진다면, 함축성이 강한 한자 시어 대신 평이한 백화로 많은 글자 수를 나열하게 된다고 했는데 다음 인용문에서 이 점을 잘 보여준다.

> 新文學運動에 있어서 가장 問題된 部門은 詩였었다. 中國의 詩歌는 詩經의 四言 楚辭의 三言·唐 以後의 五言·七言·詞·曲 등 字數나 音韻이 一定하여서 이 城壁을 깨뜨리기란 여간한 難問題가 아니었다. 또한 詩의 用語를 白話로 한다면 漢字의 含蓄性이 많은 傳來의 詩語를 버리고 平板한 白話로 많은 字 數를 나열하게 되어 그것은 詩의 本道에서 離脫되는 느낌을 過去式의 文人· 詩人에게 주었던 것이다.[109]

정래동은 시 용어와 이론에 논쟁이 어떤 장르보다 치열하다고 여겼으 며, 또한 중국 신문학 제창자들이 시의 문제를 가장 해결하는 데에 골머리 를 앓고 있다고 보았다. 당시 문인들은 백화문 사용에 대해 이론만을 제시 하는 것이 아니라 시를 직접 창작하는 방식으로 모범적 방향을 제시하고자 했다. 당시 중국에서는 백화시를 창작하는 열풍이 불면서 다수의 작품이 발표되는 상황임에도 불구하고, 정래동은 진정한 백화시는 드물다고 보았 다. 왜냐하면 정래동의 판단에는 대부분의 백화시가 전통 시가의 변조에 불과한 것으로 보였기 때문이다. 하지만 이러한 상황에서도 정래동은 빙신 의 작품은 성공적인 백화시라고 평가하기도 한다.

> "中國에 新文學運動이 일어난 뒤 自由詩·白話詩를 主張하고 試驗하여 보았 으나, 그것은 결국 過去 詩調의 變態에 不過하였고, 참다운 白話詩는 퍽으나 적었다. 이 때에「小詩」를 試驗하여 成功한 사람은 女士다."[110]

---

109) 정래동,「中國 新文學의 槪況」, 앞의 책. p.115.
110) 정래동,「中國文人 印象記」, 앞의 책. p.149.

정래동은 1931년 3월 31일부터 4월 14일까지 동아일보에 「現代 中國 戱劇」를 발표하여 중국 현대희곡을 집중적으로 소개하였는데 중국 현대희곡에는 잠재력이 있으며 "中國新劇은 前途가 洋洋하여 發展性이 많다."라고 주장하였다.

> "新劇은 舊劇에 비하여 아직도 微弱하지만, 數年來에 文壇에 劇이 한 流行거리가 되어서, 專門戱曲을 싣는 月刊雜誌도 數種이 出版되고, 劇作家도 叢出하게 되었으며, 南北 日刊紙上에도 戱劇欄을 두게 되고, 江蘇民衆劇社를 組織하여 劇으로 民衆을 覺醒하려 하고, 山東省泰安에는 「大同戱劇」가 갱기게 되고, 今夏부터 北京에는 戱劇專修學校가 設立되는 등 그 發展은 말할 수 없이 迅速해지는 중이다."[111]

정래동은 희극의 내용적 측면에 대해 중국 사회의 현주소를 사실적으로 드러내어 정당한 사회를 만들려는 의도가 뚜렷하다는 점을 짚어 냈다. 중국 신극의 대부분 남녀 평등의 문제, 여성이 직업이 없어서 발생하는 죄악, 불합리한 가정 제도로 인하여 나타나는 참상 등의 문제를 다루고 있다. 또 어떤 작품들은 중국 혁명의 실패와 참상을 이야기했으며, 압제에 저항하는 민중을 주된 소재로 다루는 작품도 있었다. 정래동은 이러한 신극들이 중국이 나아갈 길을 제시하고 있다고 서술했다.

> "劇의 內容 즉 그 思想을 본다면, 中國의 社會現狀을 如實하게 暴露하고 解剖해서 正當한 社會를 建設하자는 意圖가 現著히 나타난다. 다시 말하자면, 男女平等의 問題, 女子의 無職業으로 인하여 發生하는 罪惡, 不合理한 家庭

---

111) 정래동, 「現代 中國 戱劇」, 『丁來東全集I·學術論文篇』, 금강출판사, 1971, p.220.

制度로 인하여 發生하는 慘狀, 즉 姦淫·亂婚 등의 問題가 大部分의 題材가
되고, 一部分의 劇은 中國 革命의 失敗 및 革命의 慘狀을 主材로 하고, 一部
는 民衆의 强權에 대한 反抗運動을 그 內容으로 하여, 中國의 나갈 길을 指
示하고 있다."[112]

정래동은 중국 현대 사회의 변천이 중국 현대 희극과 밀접한 관련이 있
다고 보았다. 그는 당시로부터 20~30년 전 중국을 회고하면서 과거의 중국
이 외부로는 열강·제국주의·자본주의 압력과 침략으로 인하여 민중이 고
통·번민·분노·모욕 등을 겪었다고 지적하였다.

(2) 신여성에 대한 상상

신여성 이미지에 대해 정래동은 자신만의 견해를 가지고 있었으며 여성
작가와 그에 따른 여성상에 대한 평가가 달랐다. 정래동는 초기 중국 문단
이 딩링의 「소피의 일기」에 대한 평론에서 보여주었던 애절하고 염세적이
며 향락적인 여성상에 대해서는 동의하지 않았다. 하지만 그는 빙신과 바
이웨이가 전통적인 제도와 관습에 저항하고 해방과 자유를 추구했다는 점
에는 긍정적으로 반응했다.

중국 문단의 딩링 연구는 「소피의 일기」의 명성에 기인한 것으로, 첸첸
우(錢謙吾)는 이 작품의 발표된 상황을 설명하면서 '「소피의 일기」가 한 세
대 문예계를 놀라게 했다'[113]고 말했다. 작품 안에서 소피의 이미지는 세
가지 측면으로 나눌 수 있다. 첫째, 소피의 이미지는 5·4운동 시대에 일반
적으로 신구 사상이 충돌하는 고민을 하던 여성의 모습을 대변한다. 둘째,

---

112) 정래동, 「現代 中國 戲劇」, 앞의 책, pp.221-222.

113) 錢謙吾, 「丁玲」, 『丁玲硏究資料』, 天津人民出版社, 1982, p.226.

소피의 모습은 자신의 성욕을 대담하게 표현하는 여성을 보여준다. 셋째, 소설 속 주인공 소피는 '세기말'의 병적인 분위기를 풍기는 '근대여자'의 이미지를 재현하고 있다.

이와 관련하여 정래동은 당시 신여성들이 5·4 정신이 퇴조하는 무렵에 일시적 출구를 찾아 헤매고, 신구사상의 충돌로 인해 고민하는 등 당시 여성들이 방황할 수 밖에 없는 상황을 형상화한 소피 이미지를 제대로 인식하지 못한 듯 보인다. 그는 단 두 마디로 딩링의 작품을 간략하게 소개하는데, "丁玲 여사의 작품의 특색은 연애의 경험이 많은 때문인지, 연애 시대의 여성 심리를 잘 묘사한 데 있을 것이다."라고만 서술했다.[114] 또, 소피가 자신의 성욕을 과감히 표출한 것에 대해 정래동은 "현대 중국 여성에게는 과거 남성에게 愚弄당하여 온 것을 보복하기 위하야, 이후로는 남성을 반대로 우롱하여 보자는 재미없는 경향, 혹은 타락적 경향까지 보인다."라고 언급하였다.[115] 또한 그는 연애와 성욕을 구분할 필요가 있다고 지적하면서 신식에 속하는 남녀는 성욕을 억제하는 힘이 그전 사람보다 박약하며, 이 성욕 문제는 어느 면에서도 연애를 좌지우지할 수 있는 것이다. 정래동은 이러한 자제력이 없다면 성욕과 연애를 분리하지 못한 채 교착상태에 빠질 수 있다면서, 이에 대한 반성을 촉구하고, 신식 남녀의 성욕 자제가 미약한 점을 비판했다. 셋째, 정래동은 딩링의 연약하고 타락한 여자에 대한의 묘사, 즉 근대적인 여성의 자태를 작품 속에 형상화한 데에 공감하지 않았다. 그는 당시 여성 작가들이 보편적으로 애수·염세·퇴폐를 소재로 삼는 바에 대해 '당시 중국 문단에 과거의 일체를 부인하는 사상 곧 舊思想·舊習慣·舊制度에 반항하고, 자유를 찾으며 해방을 부르짖고, 전진을 고

---

114) 정래동, 「中國의 女流作家」, 『丁來東全集I·學術論文篇』, 금강출판사, 1971, p.287.

115) 정래동, 「中國女流作家의 創作論과 創作經驗」, 『丁來東全集II·評論篇』, 금강출판사, 1971. p.157.

함치던 사상이 미만하였던 까닭도 있을 것'116)이라고 지적했다.

정래동이 제창하는 긍정적 여성상은 '勇敢하고 前進的인 것'으로 강직하고 전통적인 제도와 관습에서 탈피한 신여성이다. 그는 1933년 2월『신가정』에 발표한 「現代中國 新女性의 印象」117)이라는 글에서 신여성에 대한 정의와 제반 문제를 언급하였다. 그는 신여성의 이미지에 대하여 전통적인 제도에 반항하되 가족에 대한 책임을 방기해서는 안 된다는 주장을 펼쳤으며, 동시대 중국 여성들이 한국 및 일본 여성들에 비해 우월한 지위를 갖고 있으며 비교적 자유롭다고 생각하였다. 그러나 지나친 자유는 폐단을 낳는다고도 했는데, 이를테면 당시 중국 중산층 여성들은 소위 '가사'에 대한 소양이 없으며, 조금이라도 경제적 자유가 있으면 하인을 두고, 심지어 자식조차 키우지 않는다고 비판했다. 따라서 신여성이 안일하고 타락하고 책임감 결여로 생기는 탐미주의를 비판하고, 가정과 가사에 대한 신여성의 책임을 강조한다. 구체적인 언급을 살펴보자면 다음과 같다.

> 중국 여성은 과거나 현재를 물론하고, 우리나라나 일본의 여성에 비교하여 우월한 지위에 있다고 볼 수 있다. 중국 중류 이상의 여성은 소위 「집안일」에는 조금도 소양이 없다. 조금만 경제의 여유가 있어도 쿠크가 따로 있고, 심부름하는 하인이 있다.
>
> 중국 중류 이상의 여성은 소위 「집안일」에는 조금도 소양이 없다. 조금만 경제의 여유가 있어도 쿠크가 따로 있고, 심부름하는 하인이 있다.
>
> 우리 나라에도 도회에서는 針母를 두고, 饌母를 두는 것이 그리 드문 일은 아

---

116) 정래동, 「冰心女士의 詩와 散文」, 『丁來東全集I·學術論文篇』, 금강출판사, 1971. p.271.

117) 정래동, 「現代中國 新女性의 印象」, 『丁來東全集II·評論篇』, 금강출판사, 1971. pp.287-292.

니지만는, 중국은 유독히 심하다. 심지어 어린아이까지 자기 손으로 기르지
않는 여자가 많다.
신여성은 어디를 물론하고 구여성과 같이 그렇게 집안 일에 익숙치 못하고,
대부분이 집안일과는 등지고 있다.[118]

이처럼 정래동은 중국 신여성들은 자유롭고 남성과 동등한 위치에 있지
만, 이러한 여성들의 입지가 지나치게 자유로워지면 폐단이 생긴다고 지적
했다. 정래동의 여성 지위에 대한 견해는 빙신이 쓴 「"파괴와 건설 시대"
속 여학생("破壞和建設時代"的女學生)」이라는 글의 관점과 비슷하다. 빙신은
이 글에서 여학생들이 지나치게 자유로워져 나타나는 폐단을 인지하고 있
는 듯 보인다. 빙신에 따르면 여학생들의 언행은 방종한 경향이 있으며 여
학생들의 일거수 일투족을 지켜보는 사회 여론에는 여학생들에 대한 비난
이 적지 않다. 빙신은 구식 지식인들이 여학생에게 공공연히 욕설을 퍼붓
는가 하면 일부 신진 인사들도 중국 여학생들의 '무가치 무자격'을 주장한
다고 전했다. 빙신은 이런 비판 속에 "'여학생' 세 글자가 여성계에서 가장
불량배들의 별명이 됐다."라는 점을 안타까워 했다. 정래동은 전통적인 제
도와 관습에 반항하여 용감하게 나아가는 신여성의 이미지에 찬동하고, 빙
신이 말하는 신여성의 역할과 책임에 공감하였으나, 딩링이 주장하는 '모든
것을 해방시킨다'는 관점에는 동의하지 않았다.
이 같은 신여성 이미지 구축에 대해 정래동은 중국 여성은 남성과 동등
한 위치에 있다는 점을 언급하고, 신여성들은 지나치게 자유로워지면 폐단
이 생긴다는 견해를 갖고 있었다. 정래동이 당시 여성들이 '가사'에 전혀
소양이 없고 성욕에 대한 자제력이 약한 점 등을 예로 들었다. 그는 신여

---

118) 정래동, 「現代中國 新女性의 印象」, 앞의 책. p.290.

성의 이미지와 역할이 중요하고 선도적인 역할을 하며 이들의 영향력이 크다고 강조했다. 정래동은 딩링이 묘사한 욕망에 솔직한 여성상과 '모든 것을 해방한다'는 사상에 동의하지 않고, 전통적인 제도와 관습에 저항하면서도 신여성의 중요성과 책임감을 강조했다.

(3) 계급과 혁명에 대한 관점

정래동은 1924년 중국으로 건너갔고, 북경의 민국대학(民國大學) 영문계에 입학하였다. 재학 중에 그는 오남기(吳南基), 국순엽(鞠淳葉) 등과 함께 아나키즘그룹[119] 에 가담했다. 당시는 중국에는 백화문학운동이 일어나고 있었는데, 그는 『흑암중의 홍광』의 작가 향배량(向培良)에게 백화문학 작품을 배웠다. 이것이 계기가 되어 뒷날 향배량의 작품을 한국에 번역 소개하기도 했다. [120] 향배량은 '인간의 예술'[121]을 주장하여 인생에 대한 표현을

---

119) 아나키즘 (anarchism), 무정부주의를 말한다. 무정부주의는 개인을 지배하는 국가권력 및 모든 사회적 권력을 부정하고 절대적 자유가 행하여지는 사회를 실현하려고 하는 운동. 정부나 통치의 부제를 뜻하는 고대 그리스어 'an archos'에서 유래한다. 한국의 대표적 무정부주의자로는 신채호와 박열이 있다. 한국의 현대 무정부주의 운동은 3·1운동 후 1920년경부터 중국 북경으로 망명한 인사들, 일본 동경으로 건너간 유학생과 노동자들 가운데서 싹트기 시작하여 점차 국내로 번져 들어왔다. 중국에서는 신채호의 「朝鮮革命宣言」으로써, 일본에서는 박열 등의 소위 '大逆事件'으로써 한국 현대 무정부주의운동의 막이 열렸다. 이 두 가지는 다 같이 1923년의 일이었다. 무정부주의운동 사편전위원회, 『한국아나키즘운동사』, 형설출판사, 1978, p.123.

120) 정래동 [丁來東] (한국민족문화대백과, 한국학중앙연구원)

121) 향배량은 인류에게 경제적 행위와 성적 행위 외에도 기본적인 행위가 존재한다고 강조하였다. 그가 강조한 또 다른 행위란 바로 예술적 행위로서, 경제적 행위는 개체를 생존에, 성적 행위는 종족 보존에 도움을 주지만, 예술적 행위는 사람과 사람을 통합시키는, 즉 인간을 형성시키기 위한 것이다. 사람은 자신을 드러내어 다른 사람이 자신을 알게 하는 동시에 다른 사람을 파악하는 천성이 있다.

제창하고 문학의 독립성을 강조하였다. 이와 같은 사상이 정래동에게 일정한 영향을 주었다. 1928년 정래동은 『신민』에 발표한 「現代中國文學의 新方向」이라는 글에서 프롤레타리아 문학에 대한 자신의 반대입장 밝혔다.[122] 정래동은 『신가정』에 게재하던 「中國女流作家의 創作論과 創作經驗談」에서 빙신과 루인의 창작에 대한 공통된 주장, 즉 개성과 자기를 드러내는 문학에 대해 소개하였다. 그는 시종일관 문학의 본질에서 출발하여 당시 작가들의 작품에 대해 번역과 평론을 하였다.

정래동은 『신가정』 제4호에 「女性運動家여 닥치는 대로 하시오」라는 글을 발표하였다. 그는 인류 사회에 양대 계급만 존재하는 것이 아니라고 지적했다. 예를 들어 부유한 가정의 주부는 가부장제의 제약을 받고 억압받지만 주부는 프롤레타리아는 아니다. 주부의 생활 상태와 이데올로기는 부르주아지만 그 집 주인과 견주었을 때 주부는 피압박자가 된다. 프롤레타리아 가정의 부부 사이에도 계급으로 설명할 수 없는 상하 관계가 존재한다. 이를테면 남편이 프롤레타리아 계급에 속하고 아래 역시 프롤레타리아에 해당하지만, 이 둘의 관계에서는 아내가 남편에게 억압받는 일이 발생한다는 것이다. 따라서 정래동은 인간사회 계급을 나누면 마르크스의 말처럼 양대 계급으로 나눌 것이 아니라 결국 인간사회에서 직업 귀천의 관념을 버려야 한다는 것을 주장한다. 예를 들어 여자가 밥을 짓고 바느질을

---

122) 一九二八年 春에 一種 革命文學의 理論이 일어나게 되었다. 이것은 過去와 現今의 露 西亞와 日本의 無産階級文學의 影響이다. (중략) 이 無産階級文學은 一種 階級文學이여서 僅僅히 少數人 或은 一階級의 慾求만 滿足시킴에 適하다. 그 文學은 中國에서의 只 今까지 文學의 主要한 것이었으나, 이 역시 應當히 抹殺된 것이라고 믿는다. 現代中國 文學의 新方向이 이렇게 된 것은 잘못 方向을 轉換한 것이었다. (중략) 우리가 當然히 提倡할 것은 民衆文學이다. 우리는 그 前資産階級文學이나 또 新興한 無産階級文學에 反對하지 안하면 안 될 것이다. 우리는 階級對立과 階級鬪爭의 文學은 모조리 反對한다. 정래동, 「現代中國文學의 新方向」, 『신민』 제5권 42호, 1928.

하는 것은 사소한 일이며 잡지에 글을 쓰거나 사회운동에 참여하는 것이
큰 일이라고 평가하고, 응당 큰일에 종사해야 한다는 생각은 바람직하지
못하다. 그런데 이러한 착각은 여성 운동가들도 범하기 쉽다. 그래서 정래
동은 인간 사회에서 삶을 위한 노동에는 귀천이 없어야 한다고 보고 나쁜
관념에서 벗어나는 것이 중요하다고 말했다.

같은 해 정래동은『신가정』에「現代中國 新女性의 印象」이라는 글을 발
표하는데, 여기서도 직업의 귀천을 버려야 한다는 관점을 강조했다. 그는
일반적인 사회경제적 측면에서 볼 때, 가정의 속박에서 벗어난 여성과 남
성의 경제 속박에서 벗어난 여성, 마찬가지로 일반 사회의 실업층으로 경
제적 속박을 받고 있다고 지적했다. 그리고 여성의 문제가 극대화될 때, 이
는 더 이상 여성만의 문제가 아니라 남녀 공동의 문제가 된다는 것이다.
정래동은 이러한 문제의 핵심이 남녀의 성격 차이, 체력의 차이 등 생물학
적 차이에 있다고 보았다. 이러한 생물학적 차이에 근간한 대표적인 명제
로는 여성이 꼼꼼하고 체력이 약해서 집안일(밥짓기와 바느질)에 적합하다
는 것을 꼽을 수 있다. 그런데 정래동은 여성문제의 원만한 해결에는 남성
문제에 대한 해결과 구분을 두지 말고, 각자의 기술을 발휘해 노동 귀천의
관념을 없애는 방식이 필요하다고 보았다. 그리고 각자의 기술의 고하를
구분하지 않고 귀천을 따지지 않는 사회만 이 문제를 해결할 수 있다고 하
였다.123) 즉, 정래동은 여성 해방이 인류사회, 인류관념의 근본적 개혁으로
볼 수 있다고 강조한 것이다.

그리고 정래동은 여성의 가사를 노동으로 규정하고, 주부의 노동 가치
를 인정하였으며, 여자가 밥하고 바느질하면 작은 일로 간주한다는 나쁜
관념에서 벗어나라고 요구했다. 그리고 그는 여성 문제의 원만한 해결이

---

123) 정래동,「現代中國 新女性의 印象」,『丁來東全集II·評論篇』, 금강출판사, 1971. p.289.

남성과 동등하게 각자의 기술을 발휘해 새로운 가정을 꾸리는 것으로 이어진다고 보았다. 정래동의 신여성 및 여성 문제에 대한 견해가 빙신과 유사하다는 점도 그가 빙신을 더욱 중시하고 찬양하는 이유 중 하나였을 것이다.

빙신이 1919년 9월 18일부터 22일까지 『신보(晨報)』에 연재한 「두 가정(兩個家庭)」은 여학생인 '나'가 우연한 기회에 오빠와 오빠의 절친한 친구인 천선생(陳先生)의 가정을 비교하게 된다는 내용이다. 이를 계기로 '나'는 가족의 행복과 불행은 전적으로 가정의 안주인에게 달려 있다며 가족의 행복과 고통이 남자의 건설사업 능력에 영향을 미친다는 생각을 굳힌다. 임우경의 연구에 따르면 빙신의 「두 가정」은 겉으로는 '남성 주인공이 외, 여성 주인공이 내'라는 통념을 되풀이하는 것처럼 보이지만 사실은 빙신이 보여주는 가정이란 완전히 새로운 '가정/사회'라는 이원적 구조로 '개인〈가정〈국가〈세계'의 전통 구조를 해체한 것이다. 이 구조에서 남성의 권위는 '사회'로 축소·제한되고, '가정'은 여성이 자율성을 발휘할 수 있는 영역으로 재편된다. 이로써 여성은 남성의 지위와 동등한 주체로 격상됐다. 또한 빙신은 여성의 가사와 육아를 '노동'으로 격상하고 있다. 과거 중산층 여성들이 가사와 육아를 하인에게 맡겼던 것과 달리 빙신은 이를 주부로서의 책임으로 강조하고 있다. 나아가 노동에 대한 강조를 통해 가사와 육아를 포함한 주부들의 노동에 대한 찬영하고 사회가 그 가치를 인정해 줄 것을 요구하고 있다. 이러한 관점에서 보면 여성은 더 이상 '分利者(배당자)'이 아니라 '生利者(생리자)'의 대열에 오른다. 특히 빙신의 '여성의 가정과 남성의 사회'라는 이분법은 민족국가라는 통일 공동체를 전제로 할 때 비로소 성립된다.[124]

이들은 가정이라는 공간의 중요성을 강조하고 주부의 가사 노동의 가치

---

124) 任佑卿, 「現代家庭的設計與女性/民族的發現:從氷心"兩個家庭"的悖論說起」, 中國現代文學研究叢刊, 2008. pp.58-59.

를 인정함으로써 가정과 민족을 하나로 묶는 가국의식을 보여준다.

3. 사회주의 계열의 혁명문학관과 평론

중국 현대 여성 문학에 대한 평가는 정래동 외에도 일부 사회주의 계열의 작가들에 의해서도 많이 진행되었다. '여성 해방'이라는 주제는 이들에게 있어서 사회혁명의 상징과도 같은 것이었다. 때문에 김태준, 김광주, 이달과 같은 사회주의 계열의 번역가들은 이 시기 중국 현대 여성 작가와 작품에 대한 평가를 통해 당시 한국 근대 문학의 혁명적 지향을 보여주기도 하였다. 그 외에 이들의 평론에서 빠질 수 없는 부분은 허위보의 평론집이라고 할 수 있다. 따라서 본 절에서는 사회주의 계열의 작가별로 이들이 중국 현대 여성 문학에 대한 평론에 나타난 혁명적 지향에 대해 분석하고자 하며, 이들이 특별한 관심을 보였던 허위보의 경우도 함께 논의하고자 한다.

1) 김태준의 혁명지향

1931년 1월 김태준은『매일신보』에서 총 17회의「新興中國文壇에 活躍하는 重要作家」를 연재했고, 중국 문단에서 활발하게 활동하고 있는 수많은 작가들을 소개했다. 김태준은 서론에서 "절반은 錢杏邨[125)의『現代中國文學

---

125) 錢杏邨(1900~1977)는 1920년대 말 1930년대 중국에서 유명한 좌익 평론가이다. 1928년 1월, 蔣光慈 등 사람들과 '太陽社'를 설립했고, 프롤레타리아 혁명문학을 제창했다. 그는 중국 현대 문학 및 여성 작가 작품에 대해 모두 심도 깊은 분석과 평가를 했다. 1920~1930년대, 錢杏邨는 새로 태어난 프롤레타리아 문학을 응원했다. 그는 비교적 이르게 마르크스 레닌주의 계급의 투쟁학

作家』를 抄譯하는 程度로하였다."라고 밝혔다.

　김태준이 참고한 첸싱춘의 『현대중국문학작가(現代中國文學作家)』은 첫
번째 권이 1928년 7월, 상하이 타이동독서국(上海泰東圖書局)에서 출간됐다.
그 목록은 '自序, 死去了的阿Q時代, 詩人郭沫若, 達夫代表作後續, 蔣光慈與革
命文學'으로 구성되어 있다. 두 번째 권은, 1930년에 출간되어 그 목록은 '葉
紹鈞的創作的考察, 張資平的戀愛小說, 徐誌摩先生的自畫像, 茅盾與現實, 寫在後
面' 등이 있다. 특히 그 중 「죽어버린 아큐의 시대(死去了的阿Q時代)」라는
글은 루쉰의 창작 및 가치 의의에 대한 거부적인 태도로 의문과 비판을 제
기했고, 이 개척적인 의거는 문단의 파동을 일으켰다.

〈표-15〉 「新興中國文壇에 活躍하는 重要作家」과 『現代中國文學作家』에 소개된
작가의 명단 비교

	『現代中國文學作家』錢杏邨	「新興中國文壇에 活躍하는 重要作家」 金台俊
1	魯迅	胡適之
2	郭沫若	周氏兄弟
3	郁達夫	郭沫若
4	蔣光慈	郁達夫
5	葉紹鈞	蔣光慈
6	張資平	葉紹鈞
7	徐志摩	張資平
8	茅盾	茅盾
9		氷心, 白薇, 丁玲, 盧隱, 馮沅君, 陳學昭, 陳衡哲, 綠漪, 林蘭
10		丁西林　歐陽子倩　田漢

　설을 응용하여, 프롤레타리아 문학의 특징, 목적, 지도 원칙, 임무에 대해 자
세히 설명했고, 수 많은 작가들과 작품들에 대해 현실적 의미에 입각한 평론
을 진행함으로써, 프로문학의 발전을 촉진했다.

두 작가가 소개한 작가 명단을 비교해 보면, 소개된 작가들의 명단에 다른 부분이 발견된다. 김태준이 「新興中國文壇에 活躍하는 重要作家」에서 소개한 작가와 첸싱춘의 『현대중국문학작가』를 비교했을 때 나타나는 차이점을 정리해 보면 아래와 같다.

첫 번째로 김태준이 중국 부르주아를 대표하는 문인 쉬즈모를 삭제했다는 점을 짚어낼 수 있다. 「쉬즈모 선생의 자화상(徐誌摩先生的自畫像)」에서 첸싱춘은 "중국을 대표하는 부르주아 작가인 쉬즈모선생은 …… 현실에 대해 별다른 불만이 없고, 매일 미래로 가는 환상을 좇으며, 어찌하면 하늘로 '날아가는' 꿈을 꾼다. 이것이 바로 우리의 徐志摩선생이다!"라는 말을 한 바 있다. 이 말을 통해 첸싱춘은 쉬즈모를 현실을 인지하지 못한 채 환상에 빠진 중국 부르주아 층으로 인식한 것을 알 수 있으며, 김태준이 쉬즈모를 삭제한 것은 첸싱춘의 관점을 받아들인 것으로 보인다.

두 번째 차이점은 첸싱춘이 독립된 한편의 「죽어버린 아큐의 시대」로 루쉰에 대해 언급한 반면, 김태준은 루쉰과 저우쭤린(周作林)을 '저우씨형제(周氏兄弟)' 합쳐서 간단하게 소개했다.

마지막으로 살펴볼 수 있는 차이는, 김태준은 첫 머리말에 胡適을 추가했고, 마무리에 희극인 딩시런, 어우양위첸, 톈한 및 여성 작가 빙신, 바이웨이, 딩링, 루인, 펑위안쥔, 진학소, 녹의, 링수화, 천헝저 등을 추가했다는 점이다. 이 가운데 첸싱춘 의 글에 비해 늘어난 작가들은 여성 작가로서, 이러한 사실로 미루어볼 때 김태준이 여성 작가에 대한 관심이 지대했다는 점을 알 수 있다.

이 글에서 김태준은 여성 작가 전체를 한 페이지에 걸쳐 소개했다. 그 중 대부분의 여성 작가들에 대해서는 대략 한 문장으로 작품 및 창작의 특징만을 소개했고, 빙신과 바이웨이를 소개할 때는 상대적으로 많은 분량을 할애했다.

김태준은 루인은 빙신과 "正反對의 性格을 가진 悲哀的傾向" 여성 작가라 설명했으며 그녀의 작품으로는 「해변고인(海濱故人)」, 「맨리(曼麗)」, 「운해조석(雲海潮汐)」 등을 꼽았다. 딩링의 소설집 『암흑 속에서(在黑暗中)』에 대해서는 "天才의 일흠을 휘날니든 것도 昨今의 일이다."라고 말했으며 내용은 "大膽露骨하게 肉感的描寫"라고 말했다. 펑위안쥔의 작품으로는 「권시卷葹」, 「겁회(劫灰)」, 「춘혼(春痕)」을 꼽았고, 진학소의 작품으로는 「권여(倦旅)」, 「연하반려(煙霞伴侶)」, 「촌초심(寸草心)」, 「여몽(如夢)」을 언급하였다. 그리고 학생들에게 존경받는 작가는 천헝저, 링수화를 언급하였다. 녹의에 대해서 "北京高師에서 文學女學生四大金剛의 第一人者로 꼽든 綠漪女士"라고 했으며, 그녀의 작품 「녹천(綠天)」, 「지심(棘心)」을 "文苑의 珍物"이라 평가했다. 녹의의 "考證書인 『李義山戀愛事跡考』"는 빙신의 「원곡 연구(元曲研究)」과 린란의 「쉬원장 고사집(徐文長故事集)」과 더불어 "女性의 學術界에 破天荒한 事業"이라 칭했다.[126]

또한 김태준은 "中國의 文學運動에는 男子의 活動에 지지안흘 女性의 그것이다. 좀 文藝에 *을두는이는 氷心女士 白薇女士쯤은 아지 못할사람이업다"라고 이야기했으며, 그래서인지 빙신와 바이웨이를 중점적으로 소개하였다. 먼저 그는 빙신의 시를 소개했고, 빙신을 쉬즈모, 곽말약과 어깨를 나란히 한 중국 시단의 거장이라고 극찬했다.

"그의 特創인 小詩는 特別히 一家를 機予하고잇스며, 그의 詩集은 『春水』『繁星』『超人』『愛의實現』『最後의使者』『離家의一年』가튼 作이잇서서 近年의 書籍市場에 郭沫若, 蔣光慈의 作品과 갓치 書架를 燦爛히 裝飾하고 잇다. 그는 가장 「타골」의 影響을 바닷스며 徐志摩, 郭沫若의 詩와함께 中國詩壇의 巨擘

---

126) 김태준, 「新興中國文壇에 活躍하는 重要作家」(十五), 『매일신보』 제5면 제4단, 1931.1.23.

일우고잇다."127)

김태준은 빙신의 작품 가운데서도 『愛의實現』과 『초인』을 높이 평가했
다. 그는 빙신의 작품 『愛의實現』이 일본 문인에 의해 번역되고 소개되어,
일본에서도 칭송받고 있다는 것을 언급했다. 이와 같은 김태준의 빙신에
대한 칭찬은 일본 문단의 영향을 받은 것으로 보인다.

> "氷心의지은바『愛의實現』은 日本에도 번역 紹介되엿스며 世人은 그를 讚頌
> 하되 그의쓰는 *字는 寶石갓치맑으며 읽은 뒤의 回憶은 微風이 나붓기는봄철
> 의 잔잔한물결과도갓다고한다. 陳*은 그의 作『超人』은 文學革命以後十部의
> 大著作에 白薇女士의 作「琳麗」와함께選入하고 特히 그 小說속에 잇는散文詩
> 을 稱讚하엿다."128)

김태준의 글에서 또 비교적 많이 소개된 다른 여성 작가는 바로 극작가
바이웨이이다. 김태준은 바이웨이는 「임려」를 발표하여 중국 일류 극작가
라는 영광을 얻었다고 주장했고, 「임려」에 대해 "技巧와 體裁가 兩全한 劇
本", "「琳麗」二百數十頁는 그 力量의 壯大함과 描寫의 美에잇서서 勝作이다"
라며 칭찬했다. 129)그러나 글에서 김태준은 「임려」의 주요 내용을 소개하
지 않았다. 김태준은 일제강점기 한국에서 글이 정상적으로 게재될 수 있
도록 해당 작품의 중요한 내용을 감추었을 가능성이 있다. 작품에 서술된
여자 주인공 임려이 혁명에 뛰어들어 공산주의 성지인 모스크바로 향하는
이야기로 모든 내용이 그대로 실릴 경우 검열될 가능성이 이었기 때문이

---

127) 김태준, 앞의 글, 1931.1.22.
128) 김태준, 「新興中國文壇에 活躍하는 重要作家」(十四), 『매일신보』 제5면 제1단, 1931.1.22.
129) 김태준, 앞의 글.

다. 김태준이 프로문학에 대해 평가한 바를 통해 그가 공산주의에 대해 품고 있던 관심을 살펴볼 수 있다. 이러한 김태준의 정치적 관심은 「新興中國文壇에 活躍하는 重要作家」의 서론에서도 나타나며, 해당 글 속에서 김태준은 프로문학의 부흥과 동요 중인 중국 문학 작품에 대해 서술했다.

> "新興中國의 眞相·意氣와 熱血밧게 아무것도 업다 尖端에서 尖端! 極端에서 極端으로 달아나서 모든것을 改革하지 안코는 두지아니하는 現狀이며 이것은 그들로하며금 社會的 政治的 成功에 引道한 直接誘因이된다. 그리고 이 多事 多難한 社會背景아래에서 자라난 文藝와 밋그作家의 生活은 恒常그것을 表現도는 實證하고잇다."130)

위 인용문에 따르면, 신흥 중국의 실제 모습은 감정과 정열 외에 아무것도 없으며, 현재 모든 것을 개혁하지 않으면 안 되는 상태이고, 개혁이야말로 사회와 정치가 성공가도에 오를 수 있는 유인책이라고 언급했다. 김태준은 다사다난한 사회 배경 속에 나타난 문학 작품과 작가의 생활은 항상 이와 같은 상황을 보여줬다고 보았다. 또 그는 현명한 독자들이라면 저자가 '스스로 말살하는' 것으로 인해 고생을 했다는 점을 알아차리길 희망했다.

> "나는昨年十月 十一月에 東亞報를 通하야 文學革命後十四年동안의 文藝運動을 觀察한바 잇섯거니와 이번에는 그의 續稿로서 中國의 모든作家 一齊히 方向轉換을한 經路外지의 月且을 試코저한다. 賢明하신 讀者는 알으실 것이다 이結論업는 論稿가 筆者本來의 本意가아니여섯고 筆者도얼마나 自己抹

---

130) 김태준, 「新興中國文壇에 活躍하는 重要作家」(一), 『매일신보』 제1면 제6단, 1931.1.1.

殺에 苦心하엿는지를!"131)

1939년 동아일보에 연재된 「外國文學 專攻의 辯」이라는 인터뷰 기사를 통해 김태준의 사상적 면모가 드러난다.132) 이 기사에서 기자는 김태준에게 "어떠한 동기로 지나 문학을 전공했나요?"라고 물었고, 김태준은 중국 신문학에 대한 관심 및 "政治와 文學을 一元으로보기 시작"이라는 대답으로 자신의 관점을 강조했다.133) 다시 말해 김태준은 작가가 마땅히 프롤레타리아 의식을 지녀야 한다고 주장했고, 작품은 혁명에 부응해야할 필요가 있다고 피력하였다.

2) 김광주와 이달의 중국 평론 번역

허위보의 『중국현대여작가(中國現代女作家)』(1933)는 1930년대에 한국 문단의 많은 관심을 받았다. 김광주는 1934년 2월 『동아일보』에 21회에 걸쳐 「中國女流作家論」을 연재했으며, 이달은 1935년 1월 『동아일보』에 「現代中國文壇의 十大女作家論」을 발표하였다. 그런데 두 편의 글은 모두 허위보의 『中國現代女作家』를 번역하여 소개한 것이다. 또한 노자영의 「中國 新文

---

131) 김태준, 앞의 글.
132) 인터뷰의 질문:
　一. 선생은 무슨 동기로 支那文學을 전공하시게 되었는지.
　二. 支那文學을 연구하시는 동안에 느끼신 바, 그들에게서 取할 長點과 短點.
　三. 주로 어느 작가를 연구해 오셨으며 하시며 또 하시려는지.
　四. 支那文學이 우리에게 어떤 영향을 주었다고 생각하시며 무엇을 우리에게 기여할 것인지.
　五. 만일 기회가 있다면 제일 먼저 누구의 어느 작품을 번역 수입하시려는지.
133) 김태준, 「外國文學 專攻의 辯;(七)新文學의 飜譯紹介」, 『동아일보』 제2면 제2단, 1939.11.10.

藝의 百花陣」134)에서도 "女流 評論家로 賀玉波를 忘却할 수가 없다. 「現代中國作家論」「郁達夫論」「現代中國 女作家」等 評論이 많다."라고 언급한 바 있으며, 정래동의 「中國의 女流作家」135)에서도 "「中國現代女作家」라는 책을 참고"라는 말이 등장할 정도로 허위보의『중국현대여작가』는 비교적 많은 관심을 받았다.

그렇다면 수많은 평론가의 글 가운데에서도 허위보의 평론집이 많이 거론되는 이유는 무엇이었을까? 이 점에 대해 본격적으로 논하기 위해서는 우선 1935년까지 중국 현대 여성 작가들의 작품에 대한 전반적인 비평 상황을 들여다보고 허위보와 다른 비평가들의 차이점을 살펴보아야 한다.

중국 현대문학사 두 번째 10년(1928년~1937년) 시기는 현대 여류작가 작품들에 있어 그야말로 호황기라고 할 수 있다. 당시에는 양·질 모든 측면에서 현대 여류작가 작품비평이 크게 진보해 풍년을 이뤘다. 특히 1930년대 초반에는 여성 작가들의 작품을 연구에 있어 주요 저작이라 부를만한 글들이 여럿 등장했다. 설피(雪菲)가 편낸『현대 중국 여성 작가 창작선집(現代中國女作家創作選)』(상하이 문예서국上海文藝書局, 1932)의 「서문」에는 현대 중국 여류작가에 관한 중요한 전문 저술로 단행본 4개와 체계적으로 작성된 논문 2편이 언급되어 있다. 단행본으로는 우선 황잉이 지은『현대 중국 여성 작가론(現代中國女作家論)』(상하이 북신 서국上海北新書局, 1931)을 꼽을 수 있고, 그 다음으로는 위에서 언급한 허위보의『중국 현대 여성 작가』(상하이 현대 서국上海現代書局, 1932)을 언급할 수 있다. 이외에도 차오예(草野)의『현대 중국 여성 작가(現代中國女作家)』(베이핑 인문 서점北平人文書店, 1932)과 리시퉁의『빙신론』(북신서국北新書局, 1932) 역시 이 시기에 출판된 책들이다. 그리고 두 편의 체계적 논문으로는 장뤄구(張若谷)

의 「중국현대의 여성 작가(中國現代的女作家)」(『진선미(真善美)』에 수록, 1929)이고, 다른 하나는 이전(毅真)의 「몇명의 중국 여성 작가(幾個中國的女作家)」(『부녀잡지(婦女雜誌)』에 수록, 1930)이다.[136]

리시퉁이 펴낸 『빙신론』은 5·4 이래 빙신과 그 작품에 대한 24편의 평론을 수집한 글이다. 이 밖에 황인영(黃人影) 펴낸 『당대중국어작가론(當代中國女作家論)』(광화서국光華書局, 1933)은 논문집 형식으로 기존 연구 성과를 총결산하는 식의 전문적 연구이다. 이어지는 내용에서는 여성 작가에 대한 종합적인 비평문의 세부 사항을 살펴보고자 한다.

우선 허위보의 문학 비평은 상대적으로 객관적이고 평등한 비평적 태도와 원칙이다. 차오예[137]의 『현대 중국 여성 작가』에서 여류 작가의 직업적 가치에 의문을 품고 '용서'라는 기준으로 여류 작가를 비평하였다. 이 책에서 빙신, 루인, 녹의, 펑위안췬, 딩링, 바이웨이 등의 작가를 연구 대상으로 선택한 이유에 대해 "여기에 서술된 여섯 명의 작가들은 마음대로 잡아온 것이지 특별한 의미가 있는 것은 아니다. 이 여섯 명의 작가 이외의 작가들이 나중에 또 한 권의 책자로 만들 수 있다면 내가 이 서투른 일을 계속할 시간이 있는가를 봐야 한다."라고 언급했다.[138]

이외에도 '여성' 작가라는 창작자의 성별 정체성을 강조하는 논문들도 있었다. 장뤄구의 「중국현대의 여성 작가」는 '여성과 문학'의 문제를 소개

---

136) 雪菲 편, 「前記」, 『現代中國女作家創作選』, 上海文藝書局, 1932. p.3.

137) 刁汝钧 자는 士衡이며, 草野라는 필명을 썼다. 1907년 5월 7일 河北 邯鄲에서 태어났다. 1930년 上海 暨南大學 중국어언문학과를 졸업하고 문학 학사 학위를 받았다.

138) "這題目在今日中國的文壇上, 根本是否有寫的價値, 還成問題, 可是計劃已如此決定, 笨伯的工作也只好這樣忍耐著做下去了", "女作家是不能與普通一般作家並論的, 無論看她們或批評她們的作品, 須要另具一副眼光, 一寬恕的眼光─我便是在這種限制之下, 用了這種標準來察她們的"。草野, 『現代中國女作家』, 北平人文書店, 1932. p.2

하면서 "여자는 여자의 문학, 남자는 남자의 문학, 양자는 서로 특별한 영역이 있어 서로를 침범해서는 안 된다."[139]라고 주장하며 각 파의 입장을 종합했다. 장뤄구은 해당 글에서는 이어지는 내용에서 중국 현대 여성 작가들의 작품을 제요 형식으로 소개하였다. 장뤄구은 『진선미』 창간 1주년을 기념해 여성 작가 특집호를 편집하고 당시 여성 작가들에 대한 개와 평가를 진행했던 경력이 있다. 그런데 이처럼 '여작가'를 표방하는 방식은 딩링의 반발을 샀고, 해당 잡지에서 딩링에게 '여작가 특집호'를 기획을 제안하자 "나는 글만 팔고 '여(女)'라는 글자를 팔지 않는다."며 편집을 거부하는 일이 일어나기도 했다.

이전의 「몇명의 중국 여성 작가」는 여성의 성별 정체성이 창작에 미치는 영향과 작품 속 표현의 특징을 살펴보았다. 이전은 5·4 운동 시기 빙신이 유명해진 것은 무엇보다 당시 여성 작가의 '희소함'에 힘입은 바라고 설명하였다. 그리고 이전은 당시 문단에서 글을 제대로 쓸 수 있는 여자는 매우 적었으며, 그 중 '작가'가 될 수 있는 사람은 극히 적다는 배경을 고려해야 한다고 말했다. 이러한 환경에서 빙신이 문단에 등장하였기에 자연스럽게 주목을 받을 수 밖에 없었다는 것이다. 또한 이전은 많은 사람들이 그녀에 대해 신비스럽게 느끼며, 열정적인 숭배를 하지 않을 수 없다고도 언급했다. 또 이전은 여자의 내면과 사회생활은 남자와 다르다고 주장한다. 그는 여성 작가들이 묘사하는 대상은 모두 남자들이 상상하기 어려운 것들이며 그렇기에 이러한 작가들이 발표하는 작품은 남성들 사이에 완전히 단절된 또 다른 생활을 대표할 수 있다고 지적하였다.[140]

이와 달리 허위보[141]의 문학비평은 상대적으로 객관적이고 평등한 비평

139) 張若谷, 「中國現代的女作家」, 『真善美』, 1929. p.19.
140) 毅真, 「幾個中國的女作家」, 『婦女雜誌』, 1930.
141) 허위보는 1930년대 상하이 문단에서 활약한 번역가 겸 작가이고, 평론가, 학

적 태도와 원칙이다. 허위보는 이 책에서 빙신·루인·링수화·딩링·녹의·펑위안쥔·침앵·진학소·바이웨이·천헝저 등 여성 작가 10명을 소개하며 이들이 비교적 유명하고 비평할 만한 여류 작가들이라고 말했다. 반면 OF, 세빙잉, 원창영 등은 현대에는 작품이 나오지 않고 있고, 문학만을 전문적으로 저술하는 사람이 아니며, 또 다른 여러 가지 이유로 일일이 고찰할 필요가 없다고 주장했다. 즉 허위보가 여성 작가들은 선택하는 기준은 그들이 전업 작가인가 하는 여부였다. 당시 문단의 어수선한 상황에서 객관적인 비평의 중요성을 인식한 허위보는 아첨하거나 비난을 퍼붓는 서술을 배제하였으며, 작품의 사상과 기교를 비평의 근거로 삼았다고 강조했다. 입론은 허위보와의 이해 관계와 상관없이 이뤄졌다는 점도 주목할만하다.[142] 예를 들어 그는 빙신과 함께 『독서월간(讀書月刊)』의 주요 기고가이지만, 허위보는 「찬양 모성애의 빙신녀사(歌頌母愛的冰心女士)」라는 글에서 빙신을 현 사회와 무관한 작품을 만든다고 비판했다.

그리고 이 책의 구성은 먼저 작가 소개 부분으로, 해당 논의 단계에서

자다. 1927년 중국공산당에 입당해 마르크스의 문예관을 신봉했다. 1931년 『讀書月刊』의 초청으로 "現代作家批判" 칼럼의 기고가로 활동하였다. 10년 가까이 된 그의 비평활동 성과를 언급하자면, 문학 비평으로만 30여만 자가 넘는 글을 발표했으며 이러한 글들은 대부분 작가들의 연구자료집에 산재해 있다. 譚桂林;聶家偉, 「賀玉波文學批評論」, 湖南第壹師範學院學報 제19권 제6기, 2019. p.86.

142) "即或有一二人, 也不過借此以達到出風頭與賺錢的目的, 把什麼武則天的"開女試招"借來以作標榜, 收集許多不成器的作品, 而加以瞎吹瞎捧;或者做些盲目的書評刊在什麼報尾股上或某書店的機關雜誌上, 當作壹種變相的廣告,這些都不是批評者的正務.在這本書裏面找不到存心捧腿或謾罵的地方, 完全以作品的思想與技巧為批評根據.所收的女作家, 有的是我幼兒時的同學, 有的是我現在的朋友, 有的認識, 有的不認識, 但是我的立論卻不以這種種關系為轉移.還有壹點須特聲明, 就是我從事這種工作完全出自我自己的興趣, 態度盡可能地誠懇而忠實:對於作家的經歷是盡力調查過了的, 而對於她們的作品也是盡力審閱過了的.職業批評家的譏諷也許不致加在我的頭上, 這一點, 我敢自信."賀玉波 著, 『現代文學評論集(上卷): 中國現代女作家』, 湖南文藝出版社, 2017. p.3

허위보는 작가 생애와 시대적 배경을 간단하게 소개하였다. 그리고 두 번째 부분에서는 본격적인 작품 분석이 진행되었는데, 허위보는 작품을 분석하는 과정에서 책을 나누어, 한 편씩 소개하는 것을 주요한 방식으로 하고 마지막 부분에서 결론을 내렸다. 그리고 장절 제목의 기획은 작가의 이름을 큰 제목으로 하고 명확한 관점이 투영된 소제목을 덧붙여, 책 전체의 구조와 목차 설계하는 방식이 상당히 체계적이었다고 평가할 수 있다.143) 1932년 9월 현대 서국에서 출간한 『중국현대여작가』에 대한 광고는 다음과 같다.

> "이 책은 매우 체계적인 연구저서로서 당대 여류 작가들이 10여 명이나 되는 주목할 만한 일류 작가들이다. 각 편은 독립적이고, 각 개인의 생활사상 작품과 생애에 대해 매우 정밀한 연구가 가능하며, 관점과 사상이 매우 정확하고 순수하다."144)

두 번째 특징으로는, 사회 현실을 반영하는 문학을 제창한 점을 언급해야 할 것이다. 허위보는 작가의 경험, 그가 처한 환경, 그리고 그가 몸담은

---

143) 예를 들어 一「歌頌母愛的冰心女士」/ 冰心女士的身世—作品的特色—『繁星』和『春水』—『超人』—『寄小讀者』—『往事』—總評—Rudyard Kipling的小說結構 ; 二 「廬隱女士及其作品」/ 廬隱女士的經歷—『海濱故人』—陳腐而幼稚的思想—辭句的毛病—『歸雁』—作品的總評—對於現在社會組織的盲目—書信體裁的研究; 三, 「「酒後」作者淑華女士」“酒後派”的解釋—各家的評語—對於各家評語的批評—作品的特色—『花之寺』—代表作品「酒後」—文藝作品的含蓄—創作時應有的態度, Why? What? How? 三個問題—反“結婚是戀愛的墳墓”的思想—酒後的消遣文藝—『女人』—母愛的研究—對於淑華女士的希望

144) 本書是本極有系統的研究著作, 所研究的當代女作家, 有十余位, 都是可註意的第一流作家。各篇都能獨立, 對各人的生活思想作品, 以及生平, 均有極精密的研究, 而且觀點與思想極為準確純正。李勇軍 編, 老廣告裏的新文學版本, 上海:遠東出版社, 2012:152;廖太燕, 「賀玉波讀論」, 長沙理工大學學報(社會科學版)제32권제6기, 2017.11. p.92.

시대를 고찰하여 작품과의 관계를 탐구한 뒤, "작가가 사회 현실을 반영했
는가?" 하는 기준을 평가의 주요 잣대로 삼았다. 구체적인 작품 비평에 앞
서 작가의 가정, 교육 배경, 결혼 생활, 처한 시대 환경 등에 대해 대략적으
로나마 제시하는 형식을 취하였다. 예를 들면 빙신을 논할 때 개인적 약사
의 고찰을 통해 그녀 작품의 특성을 분석하고, 빙신은 인생의 참뜻과 현 사
회의 조직을 탐구하지 않고 여전히 일연한 태도로 그녀의 가세와 개인적인
감회, 그리고 그녀의 박애적 사상을 쓰려한다고 비판하였다.[145] 그래서 허
위보는 천시잉이 말하는 "超의 大部分 小說은 學校門을 나서보지 못한 一個
聰明한 女性의 作品인 것을 容易히 알 수 있다."라는 관점에 공감한다는 사
실을 알 수 있다. 그리고 허위보는 링수화에 대한 비평에서도 저자가 대학
교수의 부인이고, 생활환경이 쾌적하기에 향락주의적인 사상을 가지고 있

---

145) "그의 作品을 考察하기 前에 우리는 그의 小史 가운데에서 몇 가지 그의 作品
과 關係되는 곳을 摘出해서 作品 考察上의 도움을 삼을 수 잇는 것이다. 一 그
의 處한 바 階級은 衣食 豊足을 超過하고 잇다는 것;二 그는 家庭 안에서 平安
히 生活하는 閨秀로 그가 비록 學校敎育을 받고 일즉이 米國에 留學하엿으나
汚濁한 社會에 接近해 본 일이 없엇다는 것;三 그의 創作의 時代는 바로 五四運
動의 前後부터 始作되엇다는 것;四 그의 結婚 後의 生活은 依然히 圓滿하고 豊
富하다는 것. 以上에 列擧한 몇 가지를 보면 그의 作品의 特色이란 詩歌·散文
또는 小說을 勿論하고 吟詠하는 바와 描寫하는 바가 全部 有閑階級의 安逸한 生
活의 讚美라는 것과 이에 잇어서 自然美와 父母와 家人의 사랑이란 것이 그의
每篇 作品의 要素가 된다는 것을 깨달을 수 잇다. 描寫하는 바의 題材는 거의
全部가 完全히 그의 安逸한 家庭에서 取한 것이고 軍人인 父親, 慈愛한 母親 그
리고 聰明한 아우들이 그가 때때로 실症없이 쓰는 人物이다. 그는 社會에 對하
야 넘어나 盲目的이고 少毫도 興趣도 느끼지 않으니 描寫하는 事件에 잇어서는
그 태반이 조고마한 家庭 日常生活의 斷岸들이다. 그는 社會의 組織과 歷史에
明曉치 못하고 또한 일즉이 現社會의 괴로움을 經過해 본 일이 없는 까닭으로
母性愛로 말미암아 發展된 博愛로써 社會上의 罪惡을 解除하는 것이다. 그의 作
品 가운데에는 基督敎式의 博愛와 空虛한 同情이 充滿해 잇다." 김광주 저, 김
경남 편, 『일제 강점기 한·중 지식 교류의 실천적 사례로 본 김광주 작품집
(한글편)』, 안나푸르나, 2020. pp.78-79.

으며, 그녀의 작품은 물질에 대한 찬사와 행복을 노래하는 냄새가 물씬 풍긴다고 지적했다. 이런 평론 방식으로 보아 허위보는 작가의 경력, 작가가 처한 환경, 그리고 처한 시대와 작품 사이에 긴밀한 연관이 있다고 판단한 셈이다.

　세 번째 특징은, 프롤레타리아의 입장에 선 비평이다. 1927년 중국공산당에 입당해 마르크스의 문예관을 신봉한 허위보의 비평 활동에서 이 같은 공산주의에 대한 잠재적 의식을 확인할 수 있다. 빙신에 대해 긍정적인 평가를 보냈던 정래동과 달리 허위보는 빙신이 풍족한 식생활 이상의 계급을 넘어 개인적인 감회에 사로잡혔다는 점에 집중하여 "作者여! 錦繡와 같은 글로 이미 사라진 아름다운 꿈을 짜내기에 힘쓰지 말라! 現社會는 별서 그대의 兒童時代와 같이 아름다운 것이 아니니 또다시 呻吟할 것도 없고 이미 지나간 女兒의 常情을 쓸 必要도 없다."라고 신랄하게 비판하였다.

　또한 허위보는 또 링수화의 작품 내용이 지루하고 창작 태도가 엄숙하지 않으며, 향락주의적인 사상을 가진 것을 지적하면서 그 이유는 "그녀는 유한계급의 부인이기에 지루하고 우스꽝스러우면서도 경박하며, 농담하는 악습을 길렀기 때문"이라고 말했다. 그리고 허위보는 링수화와 함께한 문인들을 '酒後派(취후파)'로 부르며 "그들이 보여준 삶은 기형적인 삶이었다. 그들의 안락한 집 주변에는 아직도 허술한 기와집과 초가집들이 가득 차 있고, 그 안에는 가난한 사람들이 무수히 살고 있으며, 피아노 비올라를 연주하며 사랑을 합창하는 동안 밖에서는 굶주린 자들의 울음소리가 들리고, 그들이 거주하는 지역이 아닌 시골 마을과 농촌에서는 번화한 도시와는 정반대의 모습을 보이고 있기 때문이다. 그래서 그 일파의 작가들은 옛날 나라가 망해가던 시절의 음탕한 혼군처럼 아름다운 여인을 거느리고 술을 마시며 즐겼다."[146]라고 비판하였다. 이와 같은 평가에서는 프롤레타리아의 입장에서 유한계급의 한가함을 노래하는 문학과 작품 속의 소부르주아 무드를 비판하는 허위보의 입장이 분명하게 드러난다.

그러나 황잉(첸싱춘의 필명)이 지은 『현대중국여작가론』은 혁명의 문학을 부르짖는 데서 출발하여 혁명의 발전을 거쳐 종국에는 승리로 이어지는 것을 논하며 끝이나는 구조를 취한다. 이 책에는 빙신·루인·천형저·원창영·펑위안쥔·링수화·녹의·바이웨이·딩링 등 아홉 명의 여류작가가 소개돼 있다. 황잉은 빙심에 대해 말하면서 그녀의 문학적 명성이나 문학작품은 과거 시대의 반영일 뿐 현시대에는 그런 문예가 필요 없다고 언급하였다. 그리고는 "그녀가 새로운 진전을 보이지 않으면 인류사회에 대한 그녀의 견해를 근본적으로 바꿀 수 있다."라고 이야기했다. 그는 딩링에 대해서 언급할 때, 「웨이후」를 두고는 사상적으로 "그녀는 아주 짧은 기간에 그녀의 제1기 사상을 탈피하고 혁명성으로 전진할 수 있었다. 이는 그녀의 빠른 진전을 증명하는 것"이라 했다. 그러므로 황잉은 '그녀는 모든 여성 작가들 중에서 가장 발전된' 작가라고 생각하였으며 "딩링에 대해 우리는 한편으로는 무한한 환희를 느끼고, 한편으로는 여전히 불만을 느끼고 있다. 또한 그녀가 이미 백 척의 장대만큼 성장했으나, 더욱 분발하여 향상하길 바란다."라고 하였다.

위에서 보았듯, 허위보의 『중국현대의 여성 작가』는 상대적으로 체계적이고 전면적이고 연구 저서로서 당시 주목받았던 열 명의 여성 작가를 다룬 영향력 있는 평론집이다. 차오예가 여성 작가의 문학적 작업이 지닌 가치에 대해 보낸 회의적인 시각, 그리고 장뤄구, 이전이 '여성' 작가의 정체성만을 강조했던 접근법과는 달리, 허위보의 문학 비평은 상대적으로 평등하고 객관적인 태도와 원칙에 근간을 두고 있었다. 일반적으로 중국 신문학의 두 번째 십년 시기 비평 저작들은 마르크스주의의 문예 이론을 따라

---

146) 賀玉波 저, 『現代文學評論集(上卷): 中國現代女作家』, 湖南文藝出版社, 2017. pp.37
  -38.

문학에서 '계급성'을 강조했고, 이는 당시 일정한 척도처럼 나타나는 현상이었다. 그러나 그들이 평론을 실천할 때 평론가 개개인의 분석 기준은 여성 작가 작품은 들여다보는 과정에서는 상이하게 발현되었다. 장광츠는 비교적 급진적인 인물로, 비평에서 여성 작가의 계급의식을 비평의 유일한 기준으로 삼았고, 작품의 선전 도구 역할을 더 중요시했다.[147] 마오뚠과 첸싱춘 은 혁명문학을 부르짖는 데서 출발하여 문학의 계급성과 혁명의 발전에서 승리로 이어지는 것을 반영하였으며, 시대성·전향성을 강조하였다. 이와 달리 허위보는 비록 뚜렷한 프롤레타리아적 입장을 강조하며 여성 작가의 작품을 고찰하한 인물이었다. 그는 유한계급의 한가로운 문학과 작품 속에 풍기는 소부르주아적 무드를 비판하지만, 그는 역사적 관점에서 출발하여 작품이 사회 현실을 반영하는지를 더욱 중시하였으며 파벌주의를 경계하는 평론가였다.

앞에서 언급하다시피 당시 한국 문단의 허위보에 대한 수용은 김광주와 이달의 번역과 소개에서 비롯되었기 때문에 김광주의 경우와 이달의 경우로 나누어 구체적인 수용양상을 살펴보고자 한다.

첫째, 김광주의 경우

1934년 2월, 김광주는 『동아일보』에 21회에 걸쳐 「中國女流作家論」을 연재했는데, 이 글은 허위보의 「중국여작가」를 번역하여 소개한 것이다. 김

---

147) "真是個小姐的代表""是市儈性的女性""貴族性的女性", "好壹朵暖室的花, 冰心女士博得人們的喝彩!我真是對不起, 我是壹個不知趣的人, 在萬人的喝彩聲中, 我要嗤壹聲掃興", "本來暖室裏的花是何等可愛!但是現在的世界中, 只有那無憂無慮豐衣飽食的市儈可以醉心於暖室的花, 能以聞得暖室的花香為滿足.一切窮苦的人們, 或憂心社會的人們, 暖室都沒有, 還說到什麼花呢?", "什麼國家, 社會, 政治, ……與伊沒有關系, 伊本來也不需要這些東西, 伊只要弟弟,妹妹,母親或者花香海笑就夠了", "我们現在所需要的文學家不是這樣的!" 蔣光赤:「現代中國社會與革命文學」, 『民国日报·觉悟』, 1925.1; 范伯群, 『冰心研究資料』, 北京出版社, 1984. p.193.

광주의 「譯者 後記」에 따르면, 허위보의 글은 단행본으로 출판된 글도 있지만, 이 글은 『현대문학평론(現代文學評論)』(중국무낙특집호中國文學特輯號)에 발표한 「중국여작가」를 저본으로 번역한 것이다. 이 내용에 대해 김광주는 허위보의 원문 그대로를 옮겨 놓기로 했다고 밝혔다.

허위보의 『중국현대의 여성 작가』는 출판에 앞서 『현대문학평론』에 「중국여작가」를 발표해 3편의 글을 통해 빙신, 루인, 딩링 세 작가를 소개한 바 있다. 그리고 1932년 9월에 현대서국에서 출판한 단행본 『중국현대의 여성 작가』에서 허위보는 빙신, 루인, 딩링, 링수화, 녹의, 평위안쥔, 침앵, 진학소, 바이웨이, 천헝저 등 여성 작가 10명을 소개하였는데 두 판본은 소개한 여성 작가의 숫자에서 차이가 있었을 뿐, 내용은 같았다.

그렇다면 김광주는 왜 허위보가 『현대문학평론』에 발표한 것을 선택하여 빙신, 루인, 딩링 세 작가에 대해 소개하고 그리고 왜 그 원문을 그대로 번역하여 소개하였던 것일까? 이 질문에 대한 대답은 김광주의 「譯者 後記」에서 찾아볼 수 있는데, 구체적인 내용은 다음과 같다.

> "本論文은 題目과는 多少의 억으러짐이 잇으나 中國 女流作家의 全般的論이 아니고 '氷心', '廬隱', '丁玲'等 三女士의 作品을 主로 批評한 것이다.
>
> 勿論 中國의 女流 作家가 上記한 三 女士에만 그칠 것도 아니오 女流 作家論이 單只 本 論文뿐 도 아니다. 그러나 以上의 三 女士를 中國 女流作家 中에서 重要한 人物로 擧出할 수 잇다는 것과 賀玉波의 本論文은 벌서 二三 年前 것으로 좀 오래된 感이 잇으나 自派擁護의 派別的 見解를 떠나 沈着하고 誠實한 態度로 作品을 討論한 곳에서 譯者는 이를 譯出하야 中國 女流 作家를 紹介하는 一部의 도음이 되랴 하는 것이다.
>
> 中國 女流作家의 作品 中 朝鮮에는 紹介된 것이 없는이만치 作品을 대해보지 못한 사람으로는 興味보다도 오히려 지루한 感을 느낄것이다. 譯者 亦是

이 점을 생각하고 本來 意뜬는 本論文을 參考로 하야 簡單하게 要領만을 紹
介해 보지는 것이엇으나 一二篇이 아닌 許多한 作品을 短時日에 언어 볼 수
도 없을뿐더러 - 異邦人의 不充分한 觀察보다 그들이 어떠한 作品을 내놓앗
으며, 어떠한 傾向과 思潮 속에서 그들의 評家에게 云謂되엇든가를 그대로
觀察함이 옳겟다는 생각으로 原文 그대로를 옴겨 놓기로 햇다. (중략)
特히 中國 女作家라는 原題目을 '女流作家论'으로 고친 것과 '廬隱女士의 評
文 中에서 및 行 省略한데 대하야 原著者에게 諒解를 바란다."[148]

이처럼 김광주는 허위보의 '中国女作家'라는 원제목을 '女流作家论'으로
바꾸었으며, 루인의 평론문에서 작품 원문에 대한 분석을 생략한 채 기본
적으로 원문에 충실했다. 그는 빙신, 루인, 딩링 등이 중국 여성 작가 중
중요한 인물이라고 여기며 그들이 어떤 작품을 가지고 있으며, 평론가들은
어떤 경향과 사조 속에서 비평하는지 등에 주목하였다. 그리고 허위보는
작품을 분석하는 데에 있어 여성 작가의 개인사를 먼저 소개하였는데, 이
는 작품 분석에 도움이 될 수 있다는 판단에서 이뤄진 작업이었다. 김광주
는 이러한 서술 방식이 중국 밖의 사람들에게도 도움이 되는 방식이라고
생각하고, 허위보가 쓴 원문을 그대로 번역해서 소개하는 작업을 시도하였
다. 이러한 번역 방식을 통해 김광주가 허위보가 가지고 있는 객관적인 비
판적 태도를 인정하였음을 알 수 있다.
　김광주가 허위보의 견해에 대해 인정한 바는 세 가지로 나누어 분석할
수 있다. 우선 김광주는 허위보가 견지하는 평등하고 객관적인 비판의 원
칙에 동의했다. 김광주는 문학 평론의 내용과 형식 방면에서 허위보의 입
장을 계승하였다. 주후이민(朱慧敏)의 연구에 따르면 김광주가 상하이 『신

148) 김광주 저, 김경남 편, 『일제 강점기 한·중 지식 교류의 실천적 사례로 본
　　김광주 작품집(한글편)』, 안나푸르나, 2020. pp.138-139

보』문예부간에 발표한 37편의 문학 평론은 시류에 편승해 당시 세계 선진 국가의 문학만을 소개하고 평론하는 것이 아니라, 각국 문학에 동등한 존중과 관심을 기울인 저작들이다.[149] 이처럼 김광주는 문학예술에 신분의 고저와 귀천이 없다고 여겼다. 또한 그가 소수 여성 작가에 대한 소개했다는 점은 그가 여성 작가에 대해 가지고 있던 존중감과 문학평등의 사상을 보여준다. 이러한 생각은 허위보의 글에서도 발견할 수 있는 특징이다. 허위보는『중국현대의 여성 작가』서문에서 "현대 중국 여류작가는 원래 많지도 않은 30명 미만인데, 작품을 잘 만든 것은 10명이 넘을 것 같다. 문학 작품 창작에 몰두하는 경우도 있지만, 일시적인 흥미만 적은 경우도 있다. 그래서 우리는 비교적 위대하고 아름다운 작품 몇 편을 쉽게 찾아낼 수 없다. 그러나 소수 여성 작가와 작품뿐인 시대에는 공정한 비판 작업이 필수적이다. 아쉽게도 이를 주목하는 사람은 많지 않다"[150]라고 언급한 다 있다. 즉, 허위보는 소수의 여성 작가에 대해서 공평한 비평작업이 필수적으로 이뤄져야 한다고 본 셈이다. 이와 같은 김광주와 허위보의 공통점으로 미루어 볼 때 김광주가 허위보의 객관적 비평 방식과 문학 평등의 사상에 공감하여 그의 글을 번역하였다는 사실을 알 수 있다.

  김광주가 허위보의 문학 비평 방식을 인정했다는 사실을 발견할 수 있는 또 다른 통로는, 김광주가 사회 현실을 반영한 사실주의 문학을 제창했다는 점으로 판단할 수 있다. 김광주는 문학이 본질적으로 사회 현실의 산물이라고 본 인물이다. 이러한 논의에 따르면 사회 현실의 부산물인 문학

---

149) 朱慧敏,「金光洲『晨報』文學評論研究」, 山東大學 碩士論文, 2020. p.31.

150) "現代的中國女作家本來就不算多, 總共不到三十人, 而作品好的恐怕難得超過十人。有些 固然把整個生命放在文學作品上, 有些只是寫了壹時的興趣, 偶一為之而已。所以, 我們 不容易找出幾部比較偉大而美好的作品來。但是在這僅有的少數女作家與作品的時代, 一 種公平的批評工作是不可少的。可惜很少有人註意到這點。"賀玉波 著,『現代文學評論集 (上卷): 中國現代女作家』, 湖南文藝出版社, 2017. p.3.

은 진실에 근거를 두고 시대의 변화에 따라 발전하고 정치와 역사의 영향
을 받게 된다. 다시 말해 김광주의 문학관은 문학에 필연적으로 당시 사회
의 진실과 정치적 동향이 어느 정도 반영된다는 입장이다. 따라서 그가 이
상적으로 본 문학은 사회적 진실에 뿌리내린 채 현실과 시대성을 반영하는
문학이다. 그는「문학과 정치」라는 소제목의 글에서 자신의 입장을 더욱
명확히 하였다.

> 社會生活을 無視하며 時代性을 無視하고 個人生活속에서만 出發된 藝術이
> 아모러한 價値업는것임은 否認치못할 일이다. 그러나 엇더한 漠然한 觀念과
> 意識에 符合식할 目的으로만 쓰여진 藝術은 前者와 *가티갑업는 藝術이라고
> 할수밧게게입다 잇더한 政治運動의 宣傳工具로 *는 數學公式가티 一定한 規定
> 아래에서 製作되지 안흔 作品이면 그 作品의 價値 如何를?치안코 藝術至上
> 主義라고 一笑에 무치버리는 것은 先入見이여 偏見에 不過하는 것이다. 藝術
> 에는 階級性 社會性이 잇서야한다는 것은 누구나 肯定하는 바이지만 [맑씨]
> 가 아니요 [레닌]이 아니면 藝術至上主義란 법은 업다고 生覺된다. 藝術이란
> 어느한 君主나 王을 爲하야만 存在함도 아니고 한 政黨의 政治的宣傳工具도
> 될수업는 것이다. 藝術은 實로 萬人을 爲한 藝術이여야 한다. 藝術이란 觀念
> 이나 意識만으로되는 것은 아니다. 그것이 한의 個의 藝術이란 일흠을 가진
> 作品이면 누구의 손에서되였던 잇던 階級의 손에서되엿던 勿論하고 어느 政
> 治運動의 宣傳강령이 아닌 以上藝術品으로서의 價値를 저바릴수업는 것이
> 다. 人間生活을 갑히갑히 觀察한 사람들의 손으로써워진 赤裸裸한 生의 報告
> 그리고 奴隸性이 없는 作品! 나는 그런 것을 읽고 십고 쓰고싶다.
> 藝術은 決코 藝術自體나 그 價値만을 爲하야 存在함은 아니다 그러나 決코
> 政治運動의 奴隸로 될수업시 全人間生活을 爲하야서 ??함이다. 참된 革命이
> 몇몇 **者들의 **를 위한 싸흠이될수업슴과가티 참된 藝術은 만 黨派의 **될수

업느 일이다.[151]

김광주는 예술은 만인의 예술에 높은 가치를 부여했으며, 예술이 어느 한 사람을 위한 것이 아니라는 생각을 견지했다. 또한 김광주는 예술이 특정 집단에 의해 정치의 선전 도구로 이용당해서도 안 되며, 예술에는 정치나 권력의 요소가 섞여서는 안 된다고 지적하기도 했다. 김광주의 예술관은 그가 아나키즘적 성향을 가진 인물이라는 점을 대변해주는 것이다. 김광주는 문학이 계급적이라는 데는 공감하지만, 문학이 정치의 선전 도구로 전락하는 데는 동의하지 않았다. 그는 예술이란 인간 삶에 대한 깊이 있는 통찰이 담겨야 하고, 예술이 적나라한 '삶의 리포트'여야 하며, '노예적 성격'을 갖춘 것이 아니라고 보았다. 그러나 김광주는 단순히 '예술을 위한 예술'만을 제창하지는 않았으며, 사회적·시대성을 무시한 채 개인적 삶에서만 출발하려는 문학은 가치가 없다고 강조하였다.

김광주는 1930년대 초 여성 작가가 집단적으로 등장한 사실에 주목하고 있었다. 이러한 상황에서 그가 허위보의 평론을 번역했다는 점은, 해당 평론에서 여성 작가의 작품들 대부분이 정밀한 분석과 현 사회에 대한 연구가 결여되었다고 언급한 점을 인정하는 것이다. 허위보는 빙신의 소설은 정밀한 묘사가 없고, 다소 자질구레한 서술만 있다고 지적한 바 있다.

또한 허위보는 루인의 「친 교수의 실패(秦教授的失敗)」, 「위기(危机)」 두 작품이 중국 집안의 실패를 그대로 드러낸 것이라고 설명하였다. 하지만 이 비평은 여기에 그치지 않고, 루인이 중국 전통적인 집안의 개량에 대한 문제만 제기했을 뿐, 이런 가족제도에 대한 세밀한 분석은 부족하다고 지적하였다. 하지만 허위보는 루인의 글이 공허한 사상에 유치하고 혼란스러

---

151) 김광주, 「新春片感 토막글 數題(完)」, 『일제강점기 한·중 지식 교류의 실천적 사례로 본 김광주 작품집(한글편)』, 안나푸르나, 2020. pp.413-414.

운 정체성을 가진 작가들의 작품보다는 낫다는 점을 부정할 수 없다고 말
했다. 더불어 허위보는 루인의 작품 속 인물들을 꼬집으면서, 그녀가 묘사
하는 대상들은 대체로 소부르주아의 반신반구(半新半舊)의 규수라는 점을
언급했다. 허위보는 루인이 이러한 인물들보다는 인간 대다수를 차지하는,
억압에 사로잡힌 노동 여성들에게로 묘사의 대상을 옮겨주길 바란다고 지
적하기도 했다. 김광주가 허위보의 견해에 동의한 또 다른 부분은 예술가
로서 책임감을 가지고, 시대의 방향을 제시해야 한다는 신념에 관한 것이
다. 김광주는 예술가의 소명에 대해 다음과 같이 말한 바 있다.

> "藝術家란 當然히 時代에 應할 것이며 時代의 核心 가운데에서 時代의 苦痛
> 을 喊出함으로써 一個의 時代的 鬪士가 되어야 할 것이나 同時에 藝術家도
> *한 時代를 超越함이 잇서야 할 것이니 平凡한 사람에게 一條의 새로운 途程
> 을 指示할 수 잇는 것이며 한 時代의 預言者가 될 수 잇슬 것이다."[152]

김광주는 예술가의 존재가 갖는 사회적 의의가 크다고 생각하였다. 그
는 예술가를 시대의 핵심에 대해 예리하면서도 치우침 없는 자세로 사회의
진실을 해부하는 인물이라고 규정하였다. 또한 김광주의 관점에서 예술가
란 착취와 억압에 시달리는 사람들의 고통을 외치는 시대의 투사이자 예언
가로서 사람들에게 '길'을 짚어주는 역할을 해야 한다.

바로 허위보는 여성 작가들의 작품을 비평하면서, 이들의 글을 통해 여
성 해방의 활로가 개척되어야 하고 혁신이 이뤄져야 한다고 보았다. 그리
고 허위보에 따르면 여성 작가들의 작품들에는 여성 해방을 위한 정당한
길이 제시되어야 한다. 허위보는 글에서 루인을 "단지 아름다운 문자로 우

---

152) 김광주, 「現代中國戲劇과 劇作家」, 앞의 책. p.197.

울하고 슬픈 꿈의 세계를 엮었을 뿐이다. 남아있는 봉건사상과 전통적인 도덕관념을 유지하는 것 이외에는 여성들의 전도를 개조하고 혁신하는 데는 아무런 효과를 이루지 못했다."라고 비판했다. 허위보는 루인이 자신이 받은 고통과 슬픔을 털어놓을 줄만 알았지, 그 고통과 슬픔의 근원을 몰랐슬퍼하고 분노만 알고 반항할 줄은 모른다고 지적하였다. 예를 들어 루인의 『승리한 후에(勝利之後)』는 결혼 후 공허한 심정을 표현하고 있는데, 허위보는 이 작품에 대해 "결혼 후 공허한 비애만을 보여주기보다는 결혼 후에도 계속 분투하는 모습을 묘사하는 것이 좋다."라고 주장하였다.

또한 딩링의 「아마오 처녀(阿毛姑娘)」에 대한 비평에서 허위보는, 해당 작품에 여성들이 해방을 추구하려는 길이 나타나 있다는 점을 긍정적으로 보았다. 딩링이 묘사한 인물들은 자신에게 닥친 난관을 잘 참아내고 용기를 갖춘 인물들이기에 스스로 해방을 찾을 수 있다. 허위보는 「아마오 처녀」의 이러한 특징들을 긍정적으로 본 것이다. 허위보의 비평을 좀 더 자세히 살펴보면 다음과 같다.

> "阿毛를 城市 生活에 誘引되지 않고 安心하고 그의 原來의 鄕村에서 生活하도록 表現하엿다면 그의 結末에는 비록 이러한 苦痛과 悲慘이 잇을 수 없다 할지라도 多少間은 좋앗을 것이다. 또 그가 城市生活을 追逐하도록 努力하는 것도 未嘗不 될 수 잇는 일이나 單只 그에게는 適當한 方法과 不斷的 努力이 잇어야 할 것이다. 그러나 作者는 鄕村 婦女의 解放을 求하는 正當한 途徑을 指示하지 않고 一種의 不可能한 幻想과 中國 歷代 女性의 男子에게 依支하야 生活하고 搔頭하며 아름답고 安樂된 地位로 올라가는 일만을 보엿으니 이것은 옳지 못하다. 왜 勞苦를 能히 忍耐할 수 잇고 大膽하고 勇氣 잇으며 스스로 解放을 求할 수 잇는 鄕村 女性을 表現하지 않는가? 그리고 이 作品은 또 一種의 幻滅과 悲痛的 氣分을 가지고 잇으니 반듯이 生氣가 넘치는 處

女 生活을 산채로 墳墓로 이끌어 버려야 한다는 것은 얼마나 不必要한 努力
인가?"[153]

딩링의 「몽쾌르(梦珂)」는 붕괴과정에 있는 부르주아의 여성이 환경의
압박을 받는 이야기를 묘사한 작품인데, 허위보는 딩링이 작품에서 주인공
을 물이 흐르는 듯한 환경속에서 급류에 휩쓸리는 듯한 가련한 운명만을
묘사한 점을 아쉬워하였다. 허위보는 딩링이 주인공을 용기가 있고 능력을
갖춘 인물로 묘사하지 못한 것을 안타까워했다. 또한 허위보가 보았을 때
「몽쾌르」의 구성이 파도가 치는 듯한 사회 속에서 허우적대고 분투한 뒤에
는 더욱 밝은 길을 찾는 내러티브로 구성이 되었다면 더욱 진전이 있는 작
품이 될 수 있을 것이라고 지적하기도 했다.

이상의 내용에서 허위보가 비평한 방식—작가가 작품 속에 존재해야 한
다는 것에 대해 김광주 역시 동의를 표했다. 두 평론가들은 여성 작가의
작품에서 여성의 진로를 개조하고 혁신하는 효과가 나타나거나, 혹은 여성
의 해방을 위한 정당한 방법이 언급되거나, 여성이 남자에 의한 삶을 꿈꾸
는 대신 발버둥치고 분투함으로써 '스스로를 구조하고 자신이 처한 상황으
로부터 해방을 실현하는 모습이 나타나기를' 희망하였다. 이는 김광주와
허위보 모두 작가들이 예술가로서의 책임감을 인식하고 작품 속에서 앞길
을 제시해 주길 바란 것이다.

둘째, 이달의 경우
이달이 1935년 1월 『동아일보』에 발표한 「現代中國文壇의 十大女作家論」
은 허위보의 단행본 『중국 현대의 여성 작가』을 번역하여 소개한 것이다.

---

153) 김광주, 「中國女流作家論」, 앞의 책. p.127.

허위보는 1932년 9월 현대서국에서 출간한 『중국 현대의 여성 작가』에서 유명한 여성 작가 10명을 소개했는데, 책의 목록은 다음과 같다.

> 서문/ 一. 모성애를 찬양하는 빙신 여사 / 二. 루인 여사와 그녀의 작품 / 三. 『酒後』의 작가 숙화 여사 / 四. 딩링 여사에 대한 평론 / 五. 자연의 딸 녹의 여사 / 六. 모성애·로맨스 비극의 작가 원군 여사 / 七. 침앵 여사의 연애 소설 / 八. 학소의 『南風的夢』에 대한 평 / 九. 바이웨이 여사가 『愛網』에서 / 十. 형절 여사의 『小雨點』[154]

이달은 허위보가 소개한 여성 작가와 동일한 인물들을 언급하였고 이 작가들을 소개하는 순서도 일치했다. 내용 면에서 이달은 김광주와 달리 거의 원작 그대로 번역하지 않고 작가별 한 문단씩 소개하면서 원작의 각 작가들에 대한 제재 선택, 사상적 경향에 대한 소개를 간략하게 요약하였다. 이달은 연재를 시작한 1월 16일, 첫 회에서 각 작가들에 대해 '각자가 지닌 풍격의 특징만을 말하였다'고 이야기했다.

> "現代中國女流作家는 三十餘人으로 決코 적은數字가 아니다. 그러나 一時興趣의 驅使에서떠나 적어도 全生命을 文學作品에 傾注하는 作家로 中國文壇에 成名한 全女流作家中 가장 優越한十人에 限하여 作者各自의 獨特한 作風을 *述하여 內地讀者에게 介紹한다. 本來의 意圖는 各作家의 比較的 詳細한 經歷調査와 作品의 具體的考察을 試코저하엿으나 經歷에 限하여 겨우 作品

---

154) 序/ 一 歌颂母爱的冰心女士/ 二 庐隐女士及其作品/ 三 『酒后』作者淑华女士/ 四 丁玲女士论评/ 五 自然的女儿绿漪女士/ 六 母爱情人爱悲剧的作者沅君女士/ 七 沉樱女士的恋爱小说/ 八 评学昭女士的『南风的梦』/ 九 白薇女士在『爱网』中/ 十 衡哲女士的『小雨点』

을 通하여 얻은 斷片外에 他方面으로의 調査가 不可能하며 同時에 多數한
作品을 ——히 考察기도 決코 容易한 그工이 아니다 그러므로 筆者의 各作
品에 對한 見解와 各評論의 評論을 綜合根據하여 各自風格의 特色만을 敍述
의 範圍로 定한다."[155]

하지만 이달은 이러한 소개를 토대로 하면서 간접적으로 자신의 생각도
밝히기도 했다. 이달의 「現代中國文壇의 十大女作家論」은 총 4회에 걸쳐 연
재되었다. 1회에서는 빙신, 루인, 링수화를, 2회에서는 딩링, 녹의, 펑위안
쥔을 소개하였다. 그리고 3회에서는 침앵을 다루었으며, 4회에서는 진학소,
바이웨이, 진형절을 다루었다. 여기서 3회에서는 침앵을 다루면서 그녀에
대해 비교적 많은 분량을 할애하였다.

허위보는 침앵에 대한 비평문 「침앵녀사의 연애소설(沈櫻女士的戀愛小
說)」에서 주로 침앵의 연애소설을 언급하였다. 허위보는 작품 속 인물들이
그녀와 같은 개성을 지니고 있으며, 고층 건물에 살기를 바라고 즐거우면
서도 행복한 연애 생활을 원한다고 주장했다. 이어서 그는 부부의 사랑이
평범해지면, 그들은 향락주의에 따라 각자 새로운 배우자를 찾으려 하고
때문에 침앵과 같은 작가들이 결혼 후 젊은 부부의 원만하지 못한 연애를
가장 즐겨 묘사하는 것이라고 지적하였다. 허위보는 이 비평문에서 침앵의
「애정의 개시(愛情的开始)」, 「오후(下午)」, 「희연지후(喜筵之后)」, 「우군(妩
君)」과 단편집 『야란(夜闌)』 가운데 「육(欲)」과 「야란」을 비교적 자세히 소
개하였다. 그리고 「육」, 「야란」에 대해서 허위보는 "성욕에 대한 이성의 승
리"와 "원만하지 못한 사랑을 돌이켜 음미할 가치가 있다"는 주제를 표현
했다고 평가했다. 더불어 그는 침앵의 소설 기교에 대해 "아름다운 필치를

---

155) 이달, 「現代中國文壇의 十大女作家論」(一), 『동아일보』 제3면, 1935.1.16.

지녔고, 어떤 것은 산문시처럼 쓰였다. 여성의 심리도 섬세하게 분석하였고 사물의 묘사도 편폭이 길다. 게다가 그의 작품은 늘 열정과 흥미로움이 넘친다. 장르와 구성 양면에서 아직 흠잡을 데가 없다."라고 찬미했다.156)

반면 이달의 번역문에서는 침앵 소설에 나타난 기교에 대해 "小說的技巧와 美麗한 文字는甚히 愛好된다"고 간단히 언급하였다. 그리고 침앵의 작품에서는 허위보와 달리 『야란』집에 "慾과 夜闌은 硏究할 價値가 없다諸作品을通하여보면 作者는 資産階級意識이 잇는女性임을 斷定할수잇고 濃厚한 個人主義的享樂思想이잇다"157)고 평가하였다.

이달의 중점을 두고 번역 및 소개한 침앵의 작품은 「오후」으로, 그는 해당 작품이 소부르주아의 혁명 신앙이 확고하지 못하다는 점을 비판하였다. 그는 「오후」에 대해 "一個小資産階級의 女性이 革命團體에 投身하고 오히려團體의 紀律을 嚴守치안는다. 會議가 開催되는어느날下午 彼女는 戀人과 作伴하여놀면서 會議에 出席치안은 小資産階級의 出身으로 革命에대한 不忠實을 表現하엿다. 作者는 革命失敗前後戰士와 後方同志의 退縮에 小說題材를 採取한點은 丁珍女史의 韋護와 白薇女史의 愛網과 同一하다."158)라고 말하였다. 이 같은 장르에 이달은 큰 관심을 보였던 것이다.

이달은 바이웨이에 대한 번역 소개에서 주로 바이웨이의 『아이왕(愛網)』을 소개하며, 여주인공이 원래 혁명의 전진이었던 전사였으나 혁명의 실패로 인해 어쩔 수 없이 '愛網'에 뛰어들게 된 사연을 중점적으로 언급했다. 이달은 1927년에 혁명의 열기가 식은 뒤부터 혁명 투쟁에 몸 담았던 일부 청년들은 환경에 압박을 받고 청년들은 자취를 감춘 채 실망하고 비관적인 길을 걷고 있었다고 지적했다. 이달의 설명에 따르면, 그들은 영예를 누리

156) 賀玉波 저, 『現代文學評論集(上卷): 中國現代女作家』, 湖南文藝出版社, 2017. pp.120-121.
157) 이달, 「現代中國文壇의 十大女作家論」(三), 『동아일보』 제3면, 1935.1.18.
158) 이달, 앞의 글

기 위해 변절하기도 하고, 도망치기도 하며 고통스러운 생애를 유랑하고, 어떤 이는 야망을 접고 겨우 입에 풀칠만 할 수 있는 직업에 종사하기도 한다. 슬픔을 간직한 채 퇴폐적 여생을 사는 이도 있었으며, 여전히 고달픈 투쟁을 이어 나가는 이들도 존재했다. 이달은 한때 고함을 치며 대오에서 앞장섰던 혁명 청년들이 이제는 각양각색의 인간으로 분화된 작금의 상황을 지적하였다.

한편 이달은 이와 같은 상황에서 바이웨이의 문학 작품이 가지는 가치를 지적한다. 바이웨이의 작품에서는 일선에서 물러나 연애로 위안을 삼는 청년이 등장하는데, 이달은 바이웨이의 『아이왕』과 같은 작품이 한 시대의 변화된 사실을 포착한 것이며, 해당 작품에는 작가 자신의 사상을 첨가되어 더욱 깊은 의미를 갖는다고 언급했다.

반면 허위보의 「아이왕에서의 바이웨이 여사(白薇女士在愛網中)」는 바이웨이의 체계적이고 통일적이며 일관된 사상을 중점적으로 다루고 있다. 여기서는 '진정한 문학 작가만이 일관된 사상을 갖고 있다'며 바이웨이의 '연애즉생명설(戀愛卽生命說)', 즉 여성의 생명은 연애이며 연애가 없으면 생명이 없다는 주장과, '연애책임설(戀愛責任說)', 즉 남성은 여성과의 연애에서 태반이 책임을 지려 하지 않고 색욕만을 추구하며 자신의 사욕이 만족되면 다른 애인을 찾는다는 주장을 언급하였다. 또한 허위보는 바이웨이의 작품을 분석하면서 '결혼은 연애의 무덤설(結婚是戀愛的墳墓說)', 즉 너무 뜨거운 연애가 결합될 때쯤이면 싱겁게 끝난다는 주장을 이야기하는데, 다시 말해 바이웨이의 작품에는 남녀 관계에서 오랜 만남과 소유를 피하고, 항상 이합(離合)하야 즐거움을 느낄 수 있다는 이야기가 핵심이라는 것이다.

이를 통해 살펴볼 수 있는 것은, 이달 역시 혁명에 뛰어든 청년들이 환경에 압력을 받아 실망하고 비관적이며 혁명에 대한 확고한 마음을 갖지 못한 데에 비판을 드러냈다는 것이다. 이달은 허위보의 비평에 대한 번역

및 소개를 진행하며 개인의 성향을 분명히 드러냈다. 이 같은 비평 방식의
계승 및 인정은 이달이 빙신을 소개하는 대목에서도 확인할 수 있다.

허위보의 「찬양 모성애의 빙신 녀사」는 제1부분은 작가 빙신과 『춘수』,
『번성』에 대해 소개한다. 이어지는 제2부분에서는 단편집 『초인』을 소개하
고, 제3부분은 『어린 독자에게(寄小讀者)』를 소개하였다. 제4부분은 『왕사
(往事)』과 단편 『첫번째 연회(第一次宴會)』를 다루며, 제 5부분은 빙신에 대
한 총평으로 구성되어 있다. 허위보의 총평은 비교적 상세하게 빙신의 사
상적 경향과 그 소설의 묘사, 구조상의 결여를 소개하였다.[159]

그러나 이달의 번역문에서 주로 빙신의 공상, 박애를 강조했다. 허위보
의 제1부분을 번역한 부분은 빙신에 대한 소개를 시작으로, 그녀의 학력과

---

159) "(一)絶對的 自由로 붓을 들 것을 主張하며 主義와 派別으 制限으 받지 않으랴
한다. 이런 까닭으로 이 作者의 作品에서는 詩歌, 散文 또는 小說을 勿論하고
도모지 系統 잇는 思想과 固定한 作風 찾을 수 없는 것이다. (二)늘 作品의 힘
을 빌어 人生을 探討하야 文義 理論에 미친다. 이것은 確實히 그의 特產이다.
그는 現社會組織에 너무나 盲目的인 까닭으로 正面한 社會 改良의 方法을 發見
해 내지 못하고 여기서 空虛한 博愛를 鼓吹하는 것이다. 이점에 잇어서 그의
作品은 아모러한 좋은 점이 없고 社會에 對한 한 개의 幼稚病을 얻엇을 뿐이
다. 文藝理論을 文學作品 中에 參在시키는 데 비록 無理한 곳이 없다 할 수 잇
으나, 結局에는 弊害가 잇는 일이니, 가장 顯著한 것은 곳 作品의 主體를 流麗
치 못하고 無味乾燥케 하는 것이다. 이와 같이 된다면 다른 方面으로 따로 理
論에 對한 글을 쓰는 것만 같지 못하다.(三)그의 小說을 適當한 結構가 없다.
Rudyard Kipling은 結構의 素를 三種으로 分別하엿으니 곳 行爲(Action), 行爲者
(Actor), 背景(Setting)이디. 그는 行爲란 것은 What and How의 主體고, 行爲者
는 곳 Who의 問題로 發生되고, 背景에 이르러서는 Where and When의 問題로
發生된다고 말하였다. 이 세 가지는 모다 疎忽視할 수 없는 것이다. 그러나
作者는 背景을 가장 疎忽視하고 어떤 때에는 單只 全力을 行爲의 描寫에 傾注하
니 이것은 좋지 못한 일이다. (四) 그의 小說은 情密한 描寫가 없고 다만 些細
한 일의 敍述이며 往往 읽는 사람에게 실증을 주는 너무 많은 書信과 乾燥한
理論을 包含한다. 그의 長處는 곳 兒童을 描寫한 作品이다."김광주 저, 김경남
편, 『일제 강점기 한·중 지식 교류의 실천적 사례로 본 김광주 작품집(한글
편)』, 안나푸르나, 2020. p.94.

부유한 가정환경을 언급하였다. 그리고 그녀의 글에서 나타나는 박애와 공허한 동정의 특징을 언급하였다.

허위보가 총평의 대목에서 빙신의 소설에 나타나는 장점을 언급하고 있지만, 이달은 이러한 부분은 언급하지 않았다. 이달은 소설의 묘사, 구조상의 결여 등 빙신이 비판받는 부분들을 언급하고, 그녀의 작품에 나타나는 고정된 필치와 공상, 박애를 강조했다.

> "社會에 對한 眈目과 現社會의 苦痛을 體驗치못한 女史는 母愛에서부터 擴大된 博愛로 社會의 一切罪惡을 解除하며 苦難한 眾生을 救出하려고 主張한다, 事實로 女史의 作品은 耶穌式的 博愛와空虛한 同情이 充滿하다. (중략) 女史作品에 對하여 總和的批評을 하면一, 主義派別의 限制을 받지안코絕對 自由抒述을 主張하므로 그作品에 系統잇는 思想과 固定한 作風이없는 것. 二, 空虛的博愛를 鼓吹. 三, 小說의 結構要素의 一項인 背景에 對한疏忽. 等等이다."160)

이달의 개요식 번역 및 소개글은 그의 개인적 사상을 살펴볼 수 있게 한다. 즉, 공상과 박애로는 보편적인 사회의 획기적인 변화를 발생시킬 수 없으며, 적극적인 반항과 투쟁으로만 실현할 수 있다는 것이다. 공상에 대한 비판과 반항 및 투쟁 의식에 대한 강조는 이달의 또 다른 글에서도 찾아볼 수 있는 경향이다. 예를 들자면, 그는 곽말약에 대해 소개하는 글에서도 그의 저항 정신을 강조했다.

1935년 10월 3회에 걸쳐 『조선중앙일보』에 연재된 「現代中國을 代表하는 作家 郭沫若論」에서 이달은 1회 소개에서 곽말약의 작품이 시사하는 바

---

160) 이달, 「現代中國文壇의 十大女作家論(一)」, 『동아일보』 제3면, 1935.1.16.

가 크다고 이야기했다. 그는 곽말약이 사회적 억압에 대해 보여준 위대한 반항정신을 긍정했다.

> "郭氏의 精神은 向上的이다 諸作品은 確實히 偉大한 反抗力을 表現하엿다 이러한 反抗的 精神은 郭氏의 어떠한 作品에서든지 볼수잇고 따라서 이 反抗的 精神의 發育은 社會的 壓迫과 正比例로된다 그럼으로 郭氏의 作品에서 또 重大한 意義를 發見".161)

이달은 곽말약에 대해 "中國現代文壇의 가장 貴重한 存在이다"고 높게 평가했다. 이달은 "初期의 郭氏의 思想은 英雄主義的色彩가 濃厚하얏고 또 一個空想的 浪漫主義的이엇섯스나 不久에 郭氏自己錯誤를 認識하고 곳 思想轉變을 斷行하얏다"고 지적하였다. 이달은 곽말약이 굽히지 않는 반항정신으로 고난 속에서도 분투하였다는 점을 지적하고, 그의 반항정신이 어둠 속의 햇불과 같은 역할을 하여 강렬한 열정으로 문예청년들을 감동시키고 했다고 언급했다. 이에 대해 이달은 곽말약이 '詩人인 同時에 戰士이다'라고 찬양하였으며 신중국은 그가 위대한 작품을 계속 만들기를 기대할 것이다고 말하기도 했다.

제2회의 글에서 이달은 곽말약의 창작 시기를 세 가지 단계로 나누고, 각 단계를 대표하는 글로 「여신(女神)」, 「감란(橄欖)」, 「세 명의 반역자 여신(三個叛逆的女神)」 세 작품을 소개했다. 곽말약은 첫 번째 단계에 저술한 「여신」에서는 삶에 대한 이상과 시인의 꿈을 서술했고, 두 번째 단계에서 창작한 「감란」를 통해 삶에 대한 압박과 사회에 대한 고민을 표출했다. 그리고 세 번째 단계인 「세 명의 반역자 여신」 저술 시기에 곽말약은 반항을

---

161) 이달, 「現代中國을 代表하는 作家 郭沫若論」(一), 『조선중앙일보』 제4면 제8단, 1935. 10. 26.

나타냈다. 이달은 이 중에서 「세 명의 반역자 여신」을 가장 긍정적으로 평
가하며, 해당 작품이 '가장 重要한 一部戲劇'이라고 언급했다. 또한 이달은
이 극이 表現하는 바가 "女性의 反抗이다 歷史的 因*的 舊道德 — 三從主義에
對한 反抗이다."라고 논술했다. 이달은 이 희곡을 적극 소개하면서 이 작품
에는 힘이 있다고 말했다. "卽自己運命은 自己가 開拓할것과 萬惡의 根源인
現經濟制度 打破의 必要와 被壓迫者에 對한 同情이다."[162] 이러한 평가를 통
해 이달이 생각하는 여성해방의 중점은 반항, 개인의 반항, 즉 자신의 운명
을 스스로 개척에 있다고 짐작할 수 있다.

조국광복을 위해 중국에서 망명해 항일투쟁에 헌신한 독립운동가 김광
주와 이달은 모두 '남화한인청년연맹(南华韩人青年联盟)'에 가입했고, 일제
치하에서 민족의 독립이 절실했던 시기에 문학의 가치에 주목했던 인물이
었다. 이들의 판단으로 볼 때 문학은 현실 비판의식과 저항성이 강한 도구
였다. 김광주와 이달이 일제의 탄압과 검열 아래 항일투쟁을 이어나갔다는
점을 고려했을 때, 그들은 비평을 통해 투쟁정신과 여성해방을 언급한 것
은 그들의 사상적 행보와 맞아 떨어지는 자연스러운 현상이다. 이들이 문
학적 실천을 통해 항일투쟁정신을 간접적으로 제창했음을 짐작할 수 있다.

3) 박승극이 본 중국 여성과 근대

1935년 5월 26일, 박승극은 『조선문단』 제23호에서 딩링에 대한 전문적
인 평론문 「中國女流作家 丁玲에 對하여」을 발표했으며 기본적으로 상술한
두 가지 측면을 이어갔다. 이 글의 전반부는 후예핀의 서거와 딩링의 체포
등 좌익 작가들에 대한 박해를 다루었고, 후반부에서는 딩링의 「나의 창작

---

162) 이달, 「現代中國을 代表하는 作家 郭沫若論」(二), 『조선중앙일보』 제4면 제7단,
     1935. 10.27.

생활」을 선별적으로 소개하며 딩링의 '좌익 여류작가'임을 강조하고 동시에 "偉大한젊은 女流作家丁玲의 將來는 더욱더囑望되는 것이다."라며 딩링에 대해 높게 평가했다. 박승극의 인생경력은 사회주의자라고 볼 수 있다. 박 승극은 1928년 말 카프(KAPF, 조선 프롤레타리아 예술가 동맹)에 가입해 수원기자동맹, 수원청년동맹, 카프수원지부, 수진농민조합 등에서 핵심인 물로 활동하였다.

박승극은 이 글의 전반부에서 신문을 통해서 많은 국민당군이 중국의 모든 좌익세력을 토벌하고 있는 사실을 알게 되었다. 특히 "極히 未開한 手 段인 데로行動의 藍衣社"가 좌련 열사(左联烈士), 양싱포(楊杏佛), 딩링, 판즈 녠(潘梓年), 잉슈런(應修人) 등에 대한 박해를 다루었다. 박승극은 좌련에 큰 관심을 보였는데, 좌련 열사들의 처지에 대해 분개한 심정을 표현했다. 그러므로 "胡也頻의 夫人으로서 中國左翼作家聯盟機關報(北斗)를 編輯하고 中國左翼文壇의 前線에서서 活動하던 優秀한 女流作家"인 딩링에 대해 박승 극은 큰 관심을 보이며 그녀를 더욱 알아갈 수 있는 자료를 찾지 못해 아 쉬워했다.

> "一九三一年二月七日龍華에서 中國作家胡也頻, 李偉森, 鍾惠, 英夫, 和柔石,
> 馮(女)等六人이 生理當한일은 世界的으로衝動을 주었고 아직도 記憶에서 잊
> 혀지지않는 일이거니와, 一九三三年六月十八日上海에서 胡適, 蔡元培等과같
> 이 일컸든 急進自由主義者楊杏佛이 넘어간것도 全中國뿐아니라 멀리 바다
> 를 건느고 山을 넘어서 世人의 一大憤心을 산것도 有名한일이었다."163)
> "그런데 지금우리들은 不幸이 도 그의日常活動의 細細한部分까지를 알만한
> 能力을 갖지못한때문에 다만 이것서것의出版物을 通하여 甚히不充分하게 알

---

163) 박승극, 「中國女流作家 丁玲에 對하여」, 『조선문단』 제23호, 1935.5.26.

수있을따름이다. 그러나우리들은 中國의 偉大한 女流作家丁玲을 그만한程度
에서나마라도 알어보는 것이 얼마나뜻깊은일일까."[164]

글 후반부에서 딩링의 「나의 창작생활」을 선별적으로 소개하였다. 먼저
박승극은 딩링이 처음에 문학에 대해 그다지 좋아하지 않았던 부분에 대해
서는 생략한 채 그녀의 문학적 소양을 소개하는 데 주력했다. 둘째, 딩링이
베이징으로 간 이유에 대해 박승극은 "詩一篇을 創作해서 어떤 雜誌에 실린
일이있으나 그런創作生活보다는 좀더큰知識을 求해보고자 架空的幻想에서
헤매였다. 그리다가 北京에 가서는 後日의 愛人인 胡也頻과 처음交際하였
다. 이곳에서 「夢珂」와「沙菲日記」를 創作하기시작했으며"라고 설명했다. 여
기서 '좀더큰知識'은 시보다 넓은 범위의 문학적 지식을 뜻하며, 이후 베이
징에서 「몽쾌르」와 「소피의 일기」의 창작으로 이어진다. 반면 딩링은 원
문에서 문학에 관심이 없어 베이징으로 건너가 더 실용적인 학문을 배웠고
여기서 말하는 '더 실용적인 학문'은 문학이 아니었다. 딩링은 베이징에서
영화배우를 꿈꿨지만 실패했고, 막다른 골목에 마주한 딩링은 사회에 불만
을 품고 붓을 들어 문학으로 전향하였다.

마지막으로 박승극은 딩링이 허단런(何丹仁)의 비평에 동의하지 않고
자신의 반성과 비판을 통해 『암흑 속에서』의 비극적 색채를 깨닫고, 뒤이
어 진보적인 관점을 가진 「1930년 상해이의 봄(一九三〇年春上海)」와 「톈자
충(田家沖)」를 창작했다고 말했다.

"그의初期的作品은 自身의 感想을 確實히反映했으며 이러한 生活을 그대로
써냈다. 그때문에 何丹仁의 批評을받은일도 있었으나 그것으로는 끓는 젊은

---

164) 박승극, 앞의 글.

女人丁玲의反省을 주지못했다. 그뒤 그는 스스로 自己批判을했으며 創作「在
黑暗中」이 멜랑콜리한 色彩가 있다는 것을 잘알게되었다. 이어 小說「韋護」
를썼으며 一層進步的觀點에서 一九三〇年에는 「上海의 봄」「田家沖」을 썼다
."165)

사실 딩링은 「나의 창작생활」에서 "허단런 선생이 이 시기의 호된 비판
을 하였는데, 나는 그것을 본 직후에는 불복하였으나, 몇 번 반성을 한 다
음에는 곧 승인하였다"고 말한 바 있으며 「웨이후」 이후 창작의 태도에 점
차 변화가 생겼다. 딩링은 「웨이후」, 「1930년 상해이의 봄」, 「텐자충」 등의
작품에서 초기 작품에 없었던 연애에서 혁명으로, 개인에서 집단으로 향하
는 신여성과 혁명가의 이미지가 형상화되어, 혁명을 위해 개인을 포기하는
주제를 표현하였으며, 점차 혁명 문학으로 변모하였다. 반면 박승극은 딩
링의 이 시기 창작을 "一層進步的觀點"이라며 딩링이 자신의 작품에 만족하
지 않고 문학에 대한 자신의 노력과 분투를 강조했다고 주장하였다.

"何如튼 그는 여러篇의小說을썼으나 늘滿足지못하였으며또 自己의 作品을
좋와해본일이도없으며 다른作家들이 自己作品에 對해서 自負하고자랑하는
것을보고 놀랐다고하는말들을보면 늘自身의 活動을 滿足해여기지 않고 더욱
더奮鬪하고 있었든 것을 알 수가 있다."166)

따라서 사회주의 사상을 수용한 박승극은 딩링에 대해 큰 관심을 보였
는데, 딩링의 「나의 창작생활」을 전한 목적은 문학에 대한 자신의 노력과
분투를 강조함으로써 창작에 있어서 진보적인 관점을 가지게 된다는 점을

165) 박승극, 앞의 글.
166) 박승극, 앞의 글.

강조하고 딩링의 창작에 대한 전향에 동의한다. 글에서 딩링의 「나의 창작생활」을 전한 것 외에 딩링의 작품에 대한 소개가 별로 없으며 전하면서도 여러 가지 오해를 할 정도로 박승극은 딩링의 작품을 잘 몰랐고, 그녀의 좌익 작가 정체성에 더 주목했다. 또한 다섯 명의 좌련열사의 살해 과장설과 좌익작가 박해에 대한 박승극의 분개심 보아도 그의 좌익적 경향을 엿볼 수 있다. 한편, 앞서 서술한 바와 같이 정래동이 1934년 9월에 발표한 「中國女流作家의 創作論과 創作經驗」에는 딩링의 「나의 창작생활」 일부가 번역 및 소개되었는데, 정래동의 번역문은 원문에 비교적 잘 부합하여 대비하는 방식으로 빙신과 딩링의 창작에 대한 노력과 흥미를 소개하였다. 즉 빙신이 문학에 대한 취미로 깊은 문학적 소양을 쌓았고 딩링은 문학에 대한 취미가 아니라 외로움 때문에 자신의 불만을 배출하였다. 박승극은 딩링이 처음에는 문학에 대해 별로 좋아하지 않았던 부분을 생략하고 딩링의 문학적 소양을 중점적으로 소개하였다.

빙신과 딩링은 판이한 성격으로 1940년대 초에는 빙신과 丁玲의 대비에 관한 전문 평론문이 등장하기도 했다. 박승극이 『삼천리』 제13권 제12호에 발표한 「(支那 女流作家)冰心·丁鈴의 作品」에서 딩링과 빙신으로 대표되는 두 가지 유형의 현대 중국 여성을 소개하였다.

박승극은 글 첫머리에 중국 여성의 근대화 과정을 2페이지 가까이 할애하여 서술했다. 그에 따르면 중국 사회, 나아가 동양 사회 전체가 고대부터 아무런 변화도 없이 근대에까지 이어져 근대 중국 여성들은 '婦人無才 卽是德'이라는 교훈에 속박되고 무지하게 남자가 원하는 대로 행동했다. 아편전쟁 후(1942년)부터 중국에 대한 침략이 시작되었는데, 중국의 국제적 위상이 무너지고 민중이 일어나면서 국토 강화의 목소리가 늘어났으며 그리고 서양 문화에 대한 재인식 열망이 강해지자 여성의 삶에도 개혁의 기운이 생겨났다. 리앙치챠오(梁启超)가 변법을 주장하며 '纏足亡國論'을 언급한 것

은 중국 여성의 근대화를 위한 최초의 목소리로 볼 수 있다. 청일 전쟁 이
후 외국인 포교가 성행하고 학교가 설립되면서 여성 교육 진흥운동이 성행
하였고, 남성의 뜻만을 쫓아가는 것이 여성의 미덕이라는 교육도 점차 사
라졌으며 추근은 남녀평등을 처음 주창했던 인물로 꼽힌다. 그러나 박승극
은 진정한 중국 여성의 근대화를 5.4 운동 이후, 여성 운동이 처음으로 유
교의 삼강설(三剛說)을 타파하기 시작하면서부터 신시대의 탄생기에 훌륭
한 여성들이 많이 생겨났다고 보는데, 변동기 문예에서 근대 중국 여성의
두 가지 유형으로 표현된 서술을 예시로 제시한다.

> "여기에 근대 支那여성의 두 형으로서 변동기가 낳은 支那여성을 文藝속에서
> 구해보자.
> 그것은 여류작가, 謝冰心과 丁玲이다. 떨치는 근대화의 動搖를 어떻게 느끼고,
> 어떤 態度를 했는가는 實로 이 對立的인 두 사람이 대표가 될 것이다."167)

빙신에 대해 박승극은 우선 빙신의 삶을 평화롭고 행복하게 생각한다며
"三從之訓을 따르는 여성의 운명 그대로를 쫓는 것이 가장 健全하고 幸福했
을 것이다"라고 했다. 하지만 이렇게 건전하고 행복한 삶이 정말 다행인지
"그런데 幸일까, 不幸일까"라고 의심했다.

박승극은 행복하고 유복한 생활 속에서도 규방을 뛰쳐나온 빙신을 높이
평가하며 "富裡한 가정에 생장한 支那여성이 近代에 눈을 뜨고 그 우에 또
그 憫惱를 憫惱로서 자기 마음에 새긴 姿최가 가장 잘 冰心作品에 배여있
다."라고 말했으며 중국의 혁신 과정에서 낡은 도덕이 제 목소리를 내지
못한다는 불안감과 불만이 있었지만, 열성적인 언문일치 운동이 일어나자

---

167) 박승극, 「(支那 女流作家)冰心·丁鈴의 作品」, 『삼천리』 제13권 제12호, 1941.12.1.

결국 규방 밖으로 뛰쳐나왔다고 보았다. 박승극은 규방에서 나온 빙신에
대해 '근대 支那文壇의 明星', '支那文壇의 女流作家는 謝冰心으로부터 시작되
였든 것', '橫溢한 天才타입'과 같은 높이 평가하였다. 그리고 "어쨌든 冰心
의 인기는 근대 支那文壇중, 전후에 그를 따를만한 자 없을 것이다. 그 후
로 盧隱, 陳衡哲, 袁昌英, 馮沅君, 凌淑葉, 綠綺, 白薇, 丁玲 등 여러 사람의 근
대 支那의 女流作家를 생각할 수 있으나, 冰心만큼 數萬의 독자를 魅了한 작
가는 구하기 어려울 것이다."라는 평가를 내리기도 했다.

마지막 박승극은 빙신이 쓴 작품의 소재가 좁은 세계를 왕복하고 있었
으나 어머니에 대한 사랑, 아이에 대한 사랑, 바다에 대한 사랑 등 타고르
의 영향을 받아 사랑의 세계를 강조하지만 남녀의 연애를 그린 작품은 많
지 않다고 지적했다. 그리고 박승극은 빙신이 여성스러운 필치로 여성스러
움을 표현했다고 평가했다.

> "題材는 詩적인 좁은 境地를 把握하여 적은 天地를 왕복하고 있었으나, 持筆
> 할 것은 女流作家로서 着目할 만하다. (중략) 남녀의 戀愛에선 많은 이 얘기
> 를 하지 않았다. 생명의 虛無한 것, 인생의 神秘, 인생의 美化-그리고 그가 도
> 달하는 곳은 宇宙에의 사랑 母性에의 사랑이다. 타골의영향을 많이 받은 그
> 는 특히 사랑의 세계를 강조하였다. 풍부한 생활 속에서 자라난 唯心論者라
> 고도 하리라. 그의 작품의 殆半은 어머니에게 가는 愛情, 위대한 바다에 가는
> 憧憬, 幼年時에의 回憶에 限해 있었다. 이 冰心의 바다를 그린 작품은 여성
> 다운 纖細한 붓끗과 優美한 바다의 情操가 잘 調和되여 있다." 168)

다른 하나는 빙신과는 전혀 다른, 딩링으로 대표되는 중국 여성의 유형

---

168) 박승극, 앞의 글.

이다. 먼저 박승극은 여성스럽고 우아한과 노선의 빙신 달리, 딩링은 거친 노선을 택하고 고난의 삶을 살았으며 험난한 길을 걸었으며, "그 성품의 굵즉한 線, 걸어온 險한 길, 인생의 苦難이 그의 피부에 저저버렸다."라고 언급했다.

또 그는 딩링은 소재가 다양하며 특히 연애 장면을 잘 묘사한다고 판단했다. 박승극은 딩링에 대해 "1828年「黑暗중에서」「自殺日記」「한 女性」을 발표하고 뒤이어 장편「韋護」를 公刊할 때는 그의 이름이 대단하였다."라고 말했다. 박승극은 또한 딩링이 '資産階級的인 懷疑苦憫 등은 전혀 없고'와 같은 표현으로 평가하였으며, 세기말 여성의 흔들리는 정서와 세상을 비관하는 태도를 표현한 작품으로 권태와 번민, 고독한 심리를 교묘한 수법으로 묘사했다고 보았다.[169] 그리고 기본적으로는 이어서 두 가지를 서술하는데, 이 글의 전반부에는 후예핀의 서거와 딩링의 체포 등 좌익 작가가 받은 박해를 소개하고, 후반부에는 딩링의 「나의 창작생활」을 선별적으로 소개하며 좌익 여성 작가로서의 정체성을 강조하고 있다. "偉大한젊은 女流作家丁玲의 將來는 더욱더囑望되는 것이다."라고 서술하며 딩링에게 높은 평가했다. 그리고 박승극은 "작품이 丁鈴의 自叙傳같이 되어 있는데 특히 「韋護」는 傑作이다."라고 언급하며 「웨이후」에 대해 자세히 소개하고 근대화의 여주인공 리지아(麗嘉)를 높이 평가했다.

> "이 작품의 여 주인공 麗嘉는 所謂 근대화한 한 개의 여성으로 思想指導者 韋護와의 연애와 생활의 走馬燈이 일편의 굵은 線으로 되어있다. 戀愛와 思

---

169) "그는 資産階級的인 懷疑苦憫 등은 전혀 없고, 世紀末的으로 疲困해진 肉體的으로도 보통사람과 다른 그러나 곧 情緖에 動搖되는 웃으며 울며, 세상을 悲觀하는가 하며, 끝임없는 夢想에 잠긴다든가 또는 肉慾을 즐기는가 하면, 倦怠煩悶에 마음을 괴롭히는 여성을 巧妙하게 그리었다." 박승극, 앞의 글.

想과의 相剋. 그래서 그 내면적 마음의 衝突, 苦憫이 陰과 陽으로 나타나서 드디어 韋護는 麗嘉에게 한 장의 편지를 남기고 第一戰으로 자최를 감춘다. 丁鈴은 특히 麗嘉를 잘 그리었다. 麗嘉의 근대화한 생활과 성격의 表現이 活潑하게 작중에 生動하여 熱情적인 스타일을 독자에게 보였다. 이처럼 근대적 여성을 巧妙히 그런 작품은 달리 구하기 어려울 것이다. 總明, 호*, 방임, 남자를 操從하는 법을 밉쌀맞도록 麗嘉는 가지고 있다. 특히 韋護와 麗嘉의 戀愛場面에 가서는 筆致가 優雅해서 近代文學중에 比類를 갖기 어렵다."170)

이와 같이 박승극은 근대화된 여성 리지아와 사상지도자 웨이후의 연애와 삶을 묘사한 「웨이후」를 소개하면서, 딩링은 리지아의 근대적인 삶, 활발하고 총명하면서도 열정적인 성격, 남성을 다루는 능력을 보여준다고 평가하며 딩링의 연애 장면에 대한 서술을 극찬하였다. 사실 「웨이후」에는 혁명가 웨이후와 부르조아 리지아의 연애와 충돌을 다루고 있으며 사상투쟁 끝에 혁명이 연애를 이겨내고, 웨이후는 리지아를 떠나 혁명의 중심지로 향하는 내용이 담겨있다. 딩링은 초기 작품에는 등장하지 않았던 혁명가를 묘사했고, 자신의 창작 전환기에 남아 있는 낡은 사상의 흔적, 즉 소부르주아적 감정적 색채를 드러내기도 하였다. 반면 박승극은 웨이후의 혁명자 신분에 대해서는 언급하지 않았고 딩링의 작품은 부르주아의 고민이 전혀 없다고 보고 여성 근대화에 방점을 찍었다.

박승극의 앞뒤 두 글을 비교해 보면 첫째, 박승극이 1935년 5월 26일 『조선문단』에 발표한 글의 제목은 「中國女流作家 丁玲에 對하여」이고, 1941년 12월 1일 『삼천리』에 게재한 글의 제목은 「(支那 女流作家)冰心·丁鈴의 作品」으로, 이후 발표된 글에서 '중국 여류작가'를 '지나 여류작가'로 고쳤

---

170) 박승극, 앞의 글.

다. 둘째, 박승극은 전자의 글에서 좌익 작가와 혁명 문학에 대한 관심을
드러내며 좌익 문단의 전선에서 딩링의 활동과 혁명 문학으로의 변신을 높
이 평가한 바 있다. 그런데 후자의 글에서는 혁명성을 현저히 약화시켜 여
성의 근대화에 중점을 두었고, 딩링의 작품에 대한 찬사는 여성의 고독한
심리와 연애를 교묘하게 묘사했다는 점에 치중하였다.

4. 중국 현대 여성 문학 평론의 특징과 의미

지금까지의 논의를 종합하면 일제강점기 한국 문단의 중국 현대 여성
작가에 대한 관심은 주로 빙신과 딩링 두 명에 집중되었으며, 평론가마다
이들에 대한 평가가 조금씩 다르게 나타났다. 서로 다르게 나타난 평가의
내용을 보면 같은 여성 작가에 대한 평가가 엇갈리거나 두 사람을 놓고 서
로 다른 시각에서 평가하는 등 다양한 방면으로 체현되었고 여성 문학에
대한 평론은 대부분 남성들에 의해 진행되었다는 점에서 보면 평론 과정에
서 여성이 주체가 되지 못하고 있었음을 알 수 있다. 따라서 본 장에서는
빙신과 딩링 두 작가에 대한 서로 다른 평가에 대해 살펴보고 한국 문단의
중국 여성 문학 수용 및 그 갈래에 대해 종합하여 설명하고자 한다.

우선 빙신에 대해 그의 현대시에 관심이 집중되었는데, 특히 시집『춘
수』와『번성』에 대해 현대시가 형식의 자연스러움에 주목하고 빙신의 시가
타고르의 영향을 받은 것으로 보았다. 그는 백화문 운동과 신 시단에서의
그의 지위와 기여를 긍정적으로 평가했다. 하지만 그 평가에는 다양한 목
소리들이 섞여 있었다. 빙신에 대해 공허하며 박애 사상으로 치우쳤다는
비판이 함께 존재하는 것이다. 한국 문단의 빙신에 대한 다양한 평가를 구
체적으로 살펴보면 다음과 같다.

앞에서 서술한 바와 같이 정래동, 노자영, 윤영춘의 경우도 빙신의 시집
『춘수』와 『번성』에 대해 주목하면서 그의 시가 가지고 있는 자연스러움이
형식적인 측면에서 많이 드러난다고 했으며 빙신의 시가 타고르의 영향을
받은 것으로 보았다. 그리고 중국 문단에서 일어난 백화문 운동과 신시
창작에서 가지는 빙신의 지위와 역할에 대해 긍정적인 평가를 내리기도
했다.

이처럼 빙신의 시가 타고르의 영향을 받았다고 평가한 경우는 다른 평
가에서도 나타난다. 이를테면 김태준은 혁명문학을 지향했던 문인으로서,
그의 평가에 따르면 빙신의 시는 문학혁명의 '완전한 승리'라고 보면서 중
국 문단의 혁명성을 논함에 있어 빙신의 역할을 높게 평가했다. 1930년 11
월, 김태준이 연재한 「文學革命後의 中國文藝觀」에서 제7회에서 "氷心女士,
郭沫若, 徐志摩三氏의 詩"을 소개하며, 빙신이 특별히 창시한 소시는 필치가
깨끗하고 묘사가 완곡하여 소년남녀들이 즐겨 읽는 작품이며, 시집 『춘수』
와 『번성』는 타고르의 영향을 받았다고 생각한다. 171)

빙신의 시에도 관심을 가지면서 빙신의 시에 나타나는 타고르와의 영향
을 다룬 글로는 1941년 6월 1일에 이육사가 『춘추』 제6호에 게재한 「中國現
代詩의 一斷面」172)을 꼽을 수 있다. 이육사는 이 글을 통해 중국 현대 시단

---

171) "그후 輩出하는 詩人속에는 儼然히 三大學 '氷心''郭沫若''徐志摩'三人이잇다 氷心
女士謝婉瑩은 小詩를 特創하야 筆致가 淸纖하고 描寫가 婉妙하야 가장 少年男女
의 새에 愛讀되엇다그의 作品'春水'와'繁星'의 두詩集은 '타골'의 影響을 바더 特
別히 一家를 機抒하고잇으며 宗白華의 '流雲', 梁宗垈의 '晩淸', 張國瑞의 '海愁',
'轉眼'等篇과 그 他何植三, 孫席珍, 旦如, 等의詩도 氷心을 模倣한것이며 葉紹
鈞, 劉延陵等 小詩도 이와비슷한것이만흐니 可히當時의 風尚을 알것이다(以上
은 胡適의 白話文學史와 譚正璧의 中國文學進化史, 정래동의 中國新詩概觀論文을
參酌하야쓴 것이다)"天台山人, 「文學革命後의 中國文藝觀」(七), 『동아일보』 제4
면, 1930.11.25.

172) 이육사, 「中國現代詩의 一斷面」, 『춘추』 제6호, 1941.6.1.

을 소개, 평론하고 신문학 발전 시기 중국 현대시의 변천 과정을 회고하였
는데 그 가운데 빙신의 시집 『춘수』와 『번성』이 인도의 시성 타고르의 영
향을 받았다는 내용이 포함되어 있다. 또한 이육사는 문장에서 "當時에 小
詩를 쓰던 사람으로는 누구보다도 閨秀詩人 謝冰心을 찾아야 한다."라고 하
면서 빙신의 작품을 소개하기도 했다. 그 외에 이달은 1935년 3월 1일 『동
아일보』에 발표한 「中國新詩와 戲劇」[173]에서 빙신의 시가 '印度타골의 飛鳥
集과 日本의 短*俳句의 影響'을 받았음을 언급한 부분도 있었다.

　빙신의 무정부주의 경향에 주목한 글로, 노자영은 1934년 6월 1일, 『삼
천리』에 게재한 「中國 新文藝의 百花陣」[174]에서 중국 신문화의 각종 문학사
상과 문화현상에 대해 비교적 상세히 소개하였는데 이 중에서 '新中國의 文
人群'을 논하면서 빙신을 무정부주의 작가로 규정하고 "아나키스트派로 巴
金과 氷心女士를 들 수가 있는데 氷心女士는 氷心詩集에 있어서 中國 젊은
女性에게 많은 感銘을 준 모양이다."라고 간략하게 소개한 바 있다.

　빙신의 이미지 및 성격에서 정래동은 시를 통해 빙신에게는 강직한 면
모와 불굴의 의지가 있다고 했고 용감한 작가일 뿐만 아니라 주위 환경의
제약에서 쉽게 벗어날 힘을 가진 작가라고 극찬했다. 윤영춘은 빙신 성격
이 내성적이고 모성애가 풍부하며 자연을 사랑하는 작가라고 찬양하면서
빙신이 소시에서 일정한 성과를 거두었음을 긍정하였다. 1937년 6월, 윤영
춘은 『백광』에 세 차례에 걸쳐 「現代中國新詩壇의 現狀」[175]이라는 글을 발
표하였다. 이 글에서 윤영춘은 당시 시단의 상황과 중국 문단의 여러 유명

---

173) 中國 許多한 小詩派作家는 印度타골의 飛鳥集과 日本의 短*俳句의 影響을 받은것
　　은 顯然한 事實이다. 例를들면 氷心女士의 「繁星」과 「春水」가 곧 그것이며 此外
　　宗白華梁宗岱等 作品 此一派에*한다. 이달, 「中國新詩와 戲劇」[海外文壇消息], 『동
　　아일보』 제3면 제9단, 1935.3.1.

174) 노자영, 「中國 新文藝의 百花陣」, 『삼천리』 제6권 제7호, 1934.6.1.

175) 윤영춘, 「現代中國新詩壇의 現狀」, 『백광』, 1937.6.

한 작가와 시인들을 비교적 전면적으로 소개하였으며 그중에서도 낭만시
와 소시 시기의 중국 시단을 소개하면서 곽말약과 빙신은 낭만시와 소시
창작의 대표작가로 꼽았고, 빙신은 내성적이고 모성애가 풍부하며 자연을
사랑하는 작가라고 찬양하면서 소시 창작에서 일정한 성과를 거두었다고
말한다.

그러나 사회주의자 박승극의 경우 빙신이 쓴 작품의 소재가 좁은 세계
를 왕복하고 있었으나 어머니에 대한 사랑, 아이에 대한 사랑, 바다에 대한
사랑의 세계를 강조하였다. 또한 중국 문단에서 비평가로 유명했던 사회주
의자 허위보는 한국 문인 중 독립운동에 참여했던 김광주와 이달에 의해
한국에 소개되었다. 김광주와 이달은 허위보의 관점을 집중적으로 한국 문
단에 소개하면서 그의 현실 비판의식과 투쟁 정신을 높게 평가하였으며 문
학의 사회적 기능을 강조하였다. 또한 일부 여성 작가들이 반신반구(半新半
舊)의 규수 이미지에 집착하는 것을 비판하였고 억압당하는 대다수 민중의
고충을 담은 여성 노동자의 형상도 문학작품에서 형상화할 필요가 있다고
보았다. 특히 이들은 빙신과 같은 여성 작가들은 현 사회와 무관한 시를
창작한다고 비판하기도 했다. "母性愛로 말미암아 發展된 博愛로써 社會上
의 罪惡을 解除하는 것이다. 그의 作品 가운데에는 基督教式의 博愛와 空虛
한 同情이 充滿해 잇다." 빙신은 인생의 참뜻과 현 사회의 조직을 탐구하지
않고 여전히 일연한 태도로 그녀의 가세와 개인적인 감회, 그리고 그녀의
박애적 사상을 쓰려 한다고 비판하였다. 빙신의 '박애' 사상에 대해 신랄하
게 비판하기도 하였다.

"資本主義 制度下에서 絕望하야 退縮한 靑年이 다만 一切인 念怒를 忍耐할 줄
만 알고 어찌되엇던지 밥이나 먹고 살아가겠다는 主義를 갖는다는 것은 말할
것도 없이 甚히 消極的 主張이니 現代 靑年으로서 應當 버려야 할 일이다.

그러나 그의 이러한 消極的 墮落은 不合理한 制度와 環境이 그와 같이 시키는 바이니 우리의 作者는 이러한 情形을 分析해 내랴 하지 않고 이러한 社會 制度를 攻擊 하지 않고 도리어 그의 일즉이 사랑이 없엇음을 叱責하고 그에게 한 편으로는 피눈물을 흘리게 하고 또 한편으로 사랑의 旗幟를 지워서 얼골을 대하면 마음을 주나 돌아서서는 웃고 翻手作雲하고 覆手作雨하는 人類를 거느리고 끝없는 가시덤풀인 人生 道上에서 開天闢地의 第一步를 내드디게 하엿다. 이것은 몹시 우수운 일이 아니 라 할 수 없다. 作者는 現社會制度에 對하야 너무 盲目的인 것을 免할 수 없다. 묻노니 私有財産制度下의 剝削될 대로 되고 잇는 矛盾된 社會 裏面 에서 그대는 能히 사랑의 旗幟를 높이 들 수 잇는가? 그대는 어떻게 壓迫받고 잇는 父母와 妻子와 子息을 사랑하랴는가? 이 以上 더 말 하지 않기로 한다. 空虛한 博愛가 무슨 有益함이 되는가? 現社會組 組織을 깊이 硏究하기 바란다."176)

　　이상, 빙신에 대한 평가를 보면 정래동, 양백화, 윤영춘, 김태준과 같은 문인들은 빙신에 대해 자연주의 문학, 형식적인 틀에서 벗어난 문인, 인도 시인 타고르의 영향을 받은 시인, "현대시의 대표적인 시인" 등 긍정적인 반응을 보인 반면, 허위보의 문학비평사상을 번역, 소개했던 김광주와 이달은 빙신에 대해 사회성이 떨어지고, 기독교적인 박애 사상에 치우쳤다고 비평했다.

　　딩링에 대한 평가를 보면 수난기를 겪은 여성 작가의 이미지로 규정하면서 혁명문학의 제창자이자 좌익 작가라는 평가와 남성에 대한 비하와 타락한 성향을 보이며 재미없는 시를 창작한 시인이라고 보는 부정적인 평가가 함께 존재한다.

---

176) 김광주 저, 김경남 편, 『일제 강점기 한·중 지식 교류의 실천적 사례로 본 김광주 작품집(한글편)』, 안나푸르나, 2020. pp.91-92.

첫째, 당시 한국 문단의 평론가들은 딩링이 겪은 체포 및 실종사건에 집중하면서 딩링을 중국 수난기의 여성 작가 이미지로 규정한 것이다. 1931년 2월 7일, 후예핀이 좌익 문예연맹의 회원인 러우스(柔石), 인푸우(殷夫), 펑지앤(冯铿), 리웨이썬(李伟森) 등과 함께 국민당에 의해 상해에서 비밀리에 사형당한 사건이 발생하였으며 같은 해 8월 29일에 나경손이 조선일보에 연재한 「中國文人의 受難과 榮譽 一九三一年上半期文壇秘線」177)라는 글에서 후예핀의 죽음에 대해 성토하면서 그의 아내인 딩링에 대해 언급하였다. 글에는 "胡君의 애인 丁玲은 前次 五月二十八日 「靑白文藝社」 講演때에 群眾에게 怒呼하엿다"라는 내용이 실렸으며, 1934년 6월 1일, 노자영이 『삼천리』에 발표한 「中國 新文藝의 百花陣」이라는 제목의 글에 보면 후예핀이 죽은 다음 딩링은 문예창작에 정진했고 설명하면서 "政治的 熱情을 가진 作家" 딩링에 대해 높이 평가했다.

> "그의 男便이 國民黨에 被殺된 後로부터 그는 生活과 싸호면서 文藝에 精進하였다. 「洪水」는 그의 長編創作으로 매우 有名하며 그 外에 「夜會」 「在暗黑中」 등이 잇는데 中國 女 作家를 위하야 萬丈의 氣炎을 吐하는이라하겠다."178)

1933년 5월, 딩링이 국민당에 의해 납치되자 그의 체포와 실종에 관한 기사가 중국의 각종 신문에 연달아 실리기 시작했다. 이 기사는 같은 해 6월 19일 『조선중앙일보』에 게재된 「藍衣社幹部에 死의 咀呪」179)에서도 간

---

177) (이)경손, 「中國文人의 受難과 榮譽 一九三一年上半期文壇秘線」, 『조선일보』 제4면, 1931.8.29.
178) 노자영, 「中國 新文藝의 百花陣」, 『삼천리』 제6권 제7호, 1934.6.1.
179) 「藍衣社幹部에 死의 咀呪」, 『조선중앙일보』 제2면 제6단, 1933.6.19.

략하게 소개된 바 있다. 1934년 11월 1일까지 장지칭(張繼靑)이 『삼천리』 제6권 제11호에 발표한 「注目을 끄으는 中國 백색테로 藍衣社解剖」[180]의 글에서 "上海에서의 楊杓 佛暗殺, 丁玲女士의 失踪, 天津서의 張敬堯暗殺, 白逾桓暗殺 未遂事件等은 新聞紙上에도 낫슴으로 누구 모르는 일이 업스리다"라고 하며 딩링의 실종은 이미 모두가 알고 있는 일이라고 언급했다. 후예핀의 희생, 딩링의 실종 사건 이후, 1935년 2월 8일 김광주는 『동아일보』에 발표한 「中國文壇의 現勢 一瞥」[181]에서 "沈從文의 '記丁玲'이 잇다. 出版될 때에는 그 四分之一을 削除 當하엿다 하나 中國의 受難期의 女流作家 丁玲의 一面을 엿보기에 充分한 重要한 資料"라고 소개했다.

딩링이 체포된 후 쑹칭링(宋庆龄), 차이위엔페이(蔡元培), 로맹 롤랑(罗曼·罗兰, Romain Rolland)등 국내외 저명인사들이 항의와 구출 활동을 벌인 덕분에 1936년 9월 딩링은 난징을 탈출할 수 있었다. 이와 관련하여 같은 해 10월 23일, 『조선일보』에 게재된 「루쉰 추도문(魯迅追悼文)」라는 글에서 이육사는 딩링의 체포와 쑹칭링 등의 구출 활동에 대해 소개하면서 좌익 작가가 국민당으로부터 박해를 받은 것에 대한 동정을 드러냈다.

"中國左翼作家聯盟의 發案에 依하야 全世界의 進步的인 學者와 作家들이 上海에모혀서 中國의 文化를 擁護할大會를 그해八月에 갓게 된다는 것과 이에 不安을 늣기는 國民黨 統治者들이 먼저 進步的作家陣營의 重要分子인 潘梓年(現在南京幽廢)과 인제는 故人이된 女流作家 丁玲을 逮捕하여行方을 不明케한것이며 여기同情을 가지는 宋慶齡女史를 中心으로한 一聯의 自由主義者

---

180) 장지칭, 「注目을 끄으는 中國 백색테로 藍衣社解剖」, 『삼천리』 제6권 제11호, 1934. 11.1.

181) 김경남 편, 『일제 강점기 한·중 지식 교류의 실천적 사례로 본 김광주 작품집(한글편)』, 안나푸르나, 2020. p.241.

들과 作家聯盟인 猛烈한 救命運動을한 事實이며 그것이 國民黨統治者들의
눈말에 거슬려서 揚杏佛이 犧牲된것과 그外에도 宋慶齡 蔡元培 魯迅等等 上
海안에서만 三十名에갓가운 知名之士들이 藍衣社의 「뿔래·리스트」에 올라잇
다는것이엿다."[182]

둘째, 딩링을 혁명문학의 제창자이자 좌익작가로 평가한 것이다. 1940
년 4월 1일, 김학준은 『삼천리』에 발표한 「動亂 中의 中國作家」[183]에서 딩
링의 "좌익적 입장"을 제시했다. 또한, 1942년 7월 1일 디야(荻崖)이 『대동
아』에서 발표한 「戰爭中의 中國文藝」에서 중국혁명문학운동을 소개하는 부
분에서 1927년 이후 10년간의 주요 내용은 5·4운동 이래의 반봉건 임무를
강화하고 신문학운동을 위해 새로운 길을 개척하며 신문학을 확정함으로
써 문학 혁명에서 혁명 문학으로의 전환을 실현하였다고 언급했다. 이 시
기에 소개된 주요 인물로는 루쉰, 마오둔, 궈머뭐어, 딩링, 파진 등이 있
다.[184]

김광주와 이달은 허위보의 평론집을 집중적으로 한국 문단에 소개하면
서 그는 딩링에 대한 긍정적인 평가를 하였다. 이 평론집에는 탄구이린(譚
桂林) 교수의 말처럼 '작품의 단점을 들춰내기 좋아하고, 작가의 폐단을 들
먹이기를 즐기는' 혹평이 담겨 있다. 반면 이 평론집에서는 딩링에 대한 긍
정적인 평가를 하였으며, 이는 딩링이 취하는 소재가 대부분 현 사회의 사
실이고, 이 사실의 문제점을 교묘하게 표현하기 때문이다. 허위보는 딩링
의 소설집 『암흑 속에서』가 여성 작가의 작품 중 가장 좋은 책이라고 여겼
다. 현대 여성의 실생활을 서술하면서도 그 고통은 암시하고, 여자의 심리

182) 이육사, 「魯迅追悼文」, 『조선일보』 제5면, 1936.10.23.
183) 김학준, 「動亂 中의 中國 作家」, 『삼천리』 제12권 제4호, 1940.4.1.
184) 디야, 「戰爭中의 中國文藝」, 『대동아』 제14권 제5호, 1942.7.1.

를 섬세하게 분석하며, 대담하면서도 가감없는 묘사를 만들어내는 것 등이 여태껏 여성 작가들이나 다른 작품들과는 스타일이 다르기 때문이다.

> "'在暗黑中'은 全集을 通하야 말하면 女作家의 作品 中에서 가장 優秀한 것이라 할 수 잇다. 그의 作風이 在來의 女作家나 또는 그밖의 作品과 같지 않고 現代 婦女의 實際生活 및 그 苦痛을 暗示하엿고 精細한 女性 心理의 分析을 가진 것과 大膽하고 赤裸裸한 描寫를 創出한 까닭이다. 이 外에 또 한가지 優秀한 點은 곧 매편에 매우 좋은 物質 背景을 排置한 것이다. '夢河' 中에 描寫된 上海, '莎非女士的 日記' 中의 北京, '暑假' 中의 西湖 같은 것은 모두 現地와 같이 切實感 잇게 表現되엇다. 이 점은 作者를 自然 運用의 妙手라 하지 않을 수 없는 점이다."[185]

여성 작가의 성격적인 측면에 대한 평론도 일부 보였는바, 한국 문인들의 딩링에 대한 평가는 열정적이라는 것이다. 하지만 '열정적'이라는 평가도 구체적으로 보면 각자 다른 내용을 담고 있다. 이를테면 사회주의자 박승극은 딩링을 집중적으로 조명하면서, 그는 좌익 문단의 전선에서 딩링의 활동을 긍정적으로 바라보았고, 그녀가 자신의 풍격을 혁명적인 문학으로의 바꾼 사실을 높이 평가한 바 있다. 이에 비해 정래동은 딩링의 소설을 소개하면서 사회주의 계열과는 완전히 다른 시각에서 딩링에 대해 평가하고 있었다. 정래동은 딩링을 '남성을 우롱하고 재미없는 성향 혹은 타락한 성향을 가진 작가'라고 평가하면서 부정적인 시각으로 보았다. 때문에 딩링 작품에는 풍부한 연애 경험을 바탕으로 연애를 하는 과정에서 여성의 심리가 잘 드러나고 있다고 평가했다.

---

185) 김경남 편, 『일제강점기 한·중 지식 교류의 실천적 사례로 본 김광주 작품집 (한글편)』, 안나푸르나, 2020. pp.127-128.

셋째, 빙신과 딩링을 비교 대상으로 직접 정하고 논의한 부분이다. 1940
년 7월 5일, 이노부는 『조선일보』에 「現代支那의 女流作家」를 발표하였다.
이 글에서 『현대지나전집』(총 12권, 東成社, 1940)의 9권 『여류작가집』을 소
개하였으며, 이 여류작가집을 소개하는 이유에 대해 이노부는 "女流作家集
이라는데에 特別한 興味를 가진 것은 아니나 朝鮮의 知識人들이 좀더 現代
支那文學에 對하여 關心을 가저도 조흘것이라 생각함으로 『現代支那女流作
家』을 읽은것을 機會로어에 對한 一二二의 所感을적어보고서 합니다"라고
언급했다. 이 작품집에 대해 이노부는 "定價一圓五十錢 東成社刊"라고 소개
하고, 그리고 목록도 소개하였다.[186]

이노부는 딩링과 빙신에 대해 "가장 有名하고 또가장 注目할 作家다. 그
리고 同時에이두 作家에서 支那新女性의 典型的인 두 「타입」을 發見할수도
잇는 것이다"라고 말하며, 이 글에서 딩링과 빙신을 비중 있게 소개하는 동
시에 두 작가를 높게 평가했다.

딩링에 대해 먼저 이노부는 그녀가 "胡也頻과의戀愛 그리고 結婚一胡也
頻의被殺一 丁玲自身의投獄(한때에는 被殺이 宣傳되엇섯다)等等"과 같은 서
술을 통해, 딩링이 고난의 반생을 보냈음을 나타냈다. 두 번째 특징은 열정
적이고 자유분방하다는 것인데, 이노부는 『여류작가집』에 수록된 "「松子」,
「가버린뒤」" 두 편은 딩링의 열정을 잘 보여주고 있다고 보았다. 특히 "「가
버린뒤」"는 胡也頻과의 격렬한 사랑을 묘사하고 있는 작품이다. 그래서 딩
링의 특색은 "激烈한 變愛와가치저의몸이피투성이가되면서도 다시한발을
아프로 내드디는探究力그런것"이라고 평가하였다

---

186) 『여류작가집(女流作家集)』의 원문목록은 일본어로 되어 있고, 여기의 한국어
목록은 이노부가 번역한 것이다. "一 最初의晚餐會(冰心)/二 歙흠의紀錄(盧隱)/
三 松子(丁玲)/四 千代子(凌叔華)/五 가버린뒤(丁玲)/六 家族以外이사람(蕭紅)/七
旅行(馮沅君)/八 慈母(馮沅君)/九 山中雜記(冰心)/十 두家庭(冰心)"

이노부는 빙신에 대해 서술하면서 "丁玲과 正反對의 地點에서잇는 女流 作家가 冰心이다"이라고 규정했다. 첫 번째 특징으로는 딩링의 고난 가득한 인생 역정과는 달리 빙신에 대해 "燕京大學卒業―米國留學―燕京大學教授― 吳文藻와의 結婚―和平―路의冰心의 半生을 보라"라고 지적하였다. 그리고 이노부는 두 번째로 빙신의 특징이 총명하고 연약하면서도 정숙한 것이라 고 꼽았다 "冰心은 그의作品이아모리 社會의 絶讚을 밧더도 社會의 潮流에 휩쓸어 서슴지안코 突進함에는 너무나 聰明하엿고 또 軟弱하엿다". 이노부 는 빙신을 문학연구회의 중요한 작가로 지목하며 그녀가 "一世를風靡한傑 作" 「초인」을 발표했다는 점을 언급하였다. 빙신의 소설이 아름다운 산문 시를 담는다는 비평가들의 평가에 공감하면서 그녀가 아동 문학의 길로 들 어선 것을 언급하였다. 마지막으로 이노부는 빙신의 현숙함을 높이 평가했다.

"조금도 거칠미업고 자서하고 귀엽고 더러는 재롱도 부리고─우리는 冰心이 優秀한 褓母될素質이 充分히 잇슴을 이作品으로 써 證明할수잇슬 것이다. 「 두 家庭」으로 우리는 또 冰心이 가장 賢淑한 家庭婦人이 될 素質이잇슴을 證 明할수 잇슬 것이다."[187]

이리하여 이노부는 딩링과 빙신은 두 가지 전형적인 중국 신여성을 대 표한다고 보고, "丁玲과 冰心―自由奔放型과 賢母良妻型―두「타입」의 支那 新女性은 各各 저"라고 하였다.

이처럼 빙신에 대한 그의 독특한 소시, 특히 시집 『춘수』와 『번성』에 집중되었고, 백화문 운동 및 신시단에서 그녀의 지위와 공헌을 긍정하였으 며, 성격 측면에서도 빙신은 연약하고 정숙하며, 성격적으로도 내성적인

---

187) 이노부, 「現代支那의 女流作家」, 『선조일보』 제3면, 1940.7.5.

규수파 시인이라고 평가하였다.

1940년대 이후에는 딩링이 연애에 대해 관심을 보이고 자신의 작품에서 연애 장면을 잘 묘사했다는 해석도 있었는데 관련 해석은 주로 빙신과의 비교를 통해 나타난다. 이들은 빙신과 딩링을 대립되는 중국 신여성의 모습으로 해석했는데 빙신은 평화롭고 행복한 삶을 영위했고, 성격은 연약하고 정숙하였으며, 작품에는 여성스러운 필치로 여성의 아름다움을 표현한 것이 특징이라고 규정한 반면 딩링은 고초를 겪었고, 그 성격은 열정적이고 분방하며, 창작 측면에서는 연애 장면을 과감히 묘사한 것이 특징이라고 규정지은 것이다.

이상의 내용을 종합해보면, 이러한 특징이 나타나게 된 이유는 이 시기 한국 문인들은 중국 여성 작가를 수용하는 과정에서 작가별로 문학관에 따라 차이가 있었지만, 전반적인 중국 현대 여성 문학에 대한 비평 작업을 통해 사회·인생을 개조해야 한다는 강한 사명감과 책임감에서 비롯되었음을 알 수 있다. 당시 지식인들은 한국이 근대 사회로 발전되어야 한다는 우환 의식과 정치 변혁이 일어나야 한다는 생각으로 인하여 여성 문학의 문학 비평이 곧 사회와 인생을 개조하는 도구로 여겼다.

그래서 당시 한국의 지식인들은 작품 속의 여성 의식과 그녀들이 서술한 생존에 대한 체험, 여성의 지위에 대해 소홀히 하는 경향을 보이며, 여성 작가가 '애달픈 감정'의 표현은 무의미하거나 부정적인 것으로 보았다. 예를 들어 딩링에 대한 중국 문단의 연구는 「소피의 일기」의 명성에 기인한 것이다. 쳰쳰우는 이 작품의 발표된 상황을 설명하면서 "「소피의 일기」가 한 세대 문예계를 놀라게 했다"[188]고 말했다. 딩링는 1927년 12월과 1928년 2월 각각 『소설월보(小說月報)』에 단편 소설 「몽쾌르」와 「소피의 일

---

188) 钱谦吾, 「丁玲」, 『丁玲硏究資料』, 天津人民出版社, 1982, p.226.

기」를 발표하였고, 이후 「여름방학 중(暑假中)」, 「아마오 처녀」 등의 작품을 잇달아 발표하였다. 초기 작품은 주체적인 여성의 입장이 뚜렷하고 남성 중심 사회에 대한 여성의 반발을 불러 일으켰다. 또한 당시의 작품들에는 딩링 특유의 진정성과 감성으로 여성의 현실에 주목하고 있음을 살펴볼 수 있다. 특히 딩링은 막막함과 불안감 등 여성을 문제에 빠지게 하는 '소피적' 여성상을 만들어 문단에서 유명 인사가 되었다. 이전이 「딩링 여사」[189]에서 언급한 것처럼, 일련의 '소피적' 이미지는 '이 고요한 문단에 폭탄을 던지는 것'과 같다.

그러나 일제강점기 한국의 지식인들은 이런 남성 중심 사회에 대한 여성의 반발이나 병적인 심리를 묘사하는 수법을 사용하여 세기말의 퇴폐적인 고민에는 별로 관심이 없었다. 딩링의 체포, 실종사건과 남편 후예핀의 죽음 등 딩링의 중국 수난기의 여류작가 이미지와 혁명 문학을 주창한 좌익 여작가에 더 관심이 많았다.

신구문화가 교체되는 5·4시기에 중국 여성 작가의 작품에 기쁨보다는 고통, 명랑함보다는 막막함의 감정이 더 많이 드러난 까닭은 바로 이러한 애달프고 우울한 감정이 여성 작가들 특유의 내면 체험이 드러난 것이기 때문이다. 그러나 식민지 시기의 문인들은 이들의 작품이 가지는 문학적 의미를 '계급 입장', '시대정신', '문학적 가치'로 검증하는 데에 치중하고 있음을 알 수 있다.

---

189) 毅真, 「丁玲女士」, 앞의 책, 1982.

제5절 맺음말

　논문에서는 일제강점기 한국 문단의 중국 현대 여성 문학에 대한 번역과 평론에 초점을 맞추고 그간 관심의 대상에서 벗어나 있던 일제강점기 한국 문단이 중국 현대 여성 문학을 어떻게 수용해 왔는지를 번역과 평론으로 나누어 고찰했으며 다음과 같이 결론을 짓고자 한다.

　첫째, 중국 현대 여성 문학의 한국어 번역과 양상에 대해 장르별로 살펴보았다. 소설의 경우, 양백화는 신여성 노라이야기와 현대성의 관심에서 소설 번역을 진행하였으며 그가 번역을 통해 실현하고자 했던 궁극적 목표는 한국 사회의 개조였다. 시가 번역의 경우에는 정래동, 노자영, 윤영춘 등의 학자들이 빙신의 백화문 소시집 『春水』와 『繁星』에 실린 시들을 번역하여 소개하였으며 그들이 번역한 시들은 내용이나 형식이 구체시의 구속에서 벗어나 있다는 특징을 가지고 있다. 빙신의 시가를 번역한 한국의 문학인들은 작가의 현대시가 구현하려는 자유, 그리고 시 형식의 자연스러움에 주목했다.

　산문 번역의 경우, 대부분 번역은 모두 신여성으로서 여성 작가의 삶과 창작 경험에 대한 번역으로, 1930년대 초반에 집중되어 있다. 이 글들의 번역자는 모두 정래동이고, 모두 여성종합지인 『신가정』에 실렸다. 정래동의 산문 번역은 당시 여성들을 어떻게 진정한 의미의 '신여성'으로 성장시킬 것인가? 행복한 가정을 어떻게 만들 것인가에 대해 고민하고 탐구하여 새로운 한국 사회를 만들려는 번역자의 희망이 반영된 것이다. 즉, 일제강점기 한국의 지식인들은 여성에 대한 관심보다 현대화, 특히 민족국가의 현대화에 관심이 많았다는 것이다. 이들이 직접 독립운동에 대한 주장을 펴지 못했기 때문에 중국 문학의 현대화에 관심을 갖고 이를 참고해 일본 제국주의에 의해 식민지를 겪고 있는 한국의 현대화를 어떻게 이뤄낼지 고민했다.

둘째, 중국 현대 여성 문학에 대한 평론에 대해 논의하였는바 주로 중국 현대 여성 문학 평론의 흐름을 살펴보고, 특히 정래동에 의해 주도된 평론과 그의 문학관, 사회주의 계열의 혁명문학관과 평론, 나아가 당시에 연구된 평론의 특징과 의미 등을 살펴보았다. 관련 글 40편 중 32편이 모두 1930년대에 집중적으로 발표되었고, 대표적인 작가로는 정래동, 김광주, 박승극 등이 있으며, 이 중 정래동의 성과가 가장 두드러진다. 이 시기 여성 작가를 소개한 신문 가운데 가장 앞선 것은 『동아일보』였다. 빙신, 딩링, 바이웨이 순서대로 많이 거론되었다. 일제강점기에 소개된 여성 작가의 대표 작품은 대부분 이미 출간된 시집, 소설집, 산문집 등이다. 신문이나 잡지에 실린 여성 작가들에 대한 평가는 이들의 작품에 대한 번역과 그 영향력을 확산하는데 상당한 역할을 하였음을 알 수 있으며, 여성 작가들의 전반적인 창작면모를 살펴 볼 수 있는 창구 역할을 하고 있었다. 당시 평론가들은 두 가지 전형적인 중국 신여성을 대표로 빙신과 딩링에 대해 집중되어 평가가 일부 엇갈리고 있었다. 정래동은 빙신 백화시를 쓴 여성 시인으로서 중국 문단에서 독보적인 위상을 가지고 있었기에 언문일치의 시 창작에 관심을 가졌던 정래동의 이목을 끌기에 충분한 인물이었으며, 백화문 운동과 신 시단에서 그녀의 지위와 기여를 긍정적으로 평가했다. 반면 딩링에 대해 "남성을 우롱하고 재미없는 성향 혹은 타락한 성향"으로 상대적으로 높지 않았다. 한편 사회주의자 허위보의 문학비평사상을 번역, 소개했던 김광주와 이달, 혁명문학을 지향했던 박승극은 빙신에 대해 사회성이 떨어지고, '박애(博愛)' 사상에 치우쳤다고 비판했다. 반면 딩링에 대해 그녀가 취하는 소재가 대부분 현 사회의 사실이고, 이 사실의 문제점을 교묘하게 표현하였다고 긍정적으로 바라보았다.

　　일제강점기 한국의 중국여성문학의 번역과 평론에 대해 고찰한 결과 이 시기의 한국 문인들은 중국 여성 작가를 수용하는 과정에서 작가별로 문학관에 따라 차이가 있었지만, 전반적인 중국 현대 여성 문학에 대한 비평 작업을 통해 사회·인생을 개조해야 한다는 강한 사명감과 책임감을 가지고 있었다. 한국의 지식인들은 한국이 근대 사회로 발전되어야 한다는 우환의식과 정치 변혁이 일어나야 한다는 생각으로 인하여 문학 비평이 곧 사회와 인생을 개조하는 도구로 여겨졌다. 당시 한국의 지식인들은 작품 속의 여성 의식과 여성으로서의 생존 체험 보다는 민족의 독립과 현대화 및 진보에 대해 더 큰 관심이 있었음을 알 수 있다. 중국 현대 여성 문학의 실제와 번역된 상황에 근거하여 평론을 진행함으로써 당시 한국 문단이 크게 주목하지 못했거나 미처 형성되지 못했던 여성 작가와 여성 문학이라는 화두를 던져주었음을 알 수 있다. 그에 따라 지금까지 미처 정리되지 못했던 중국 현대 여성 문학이 일제강점기 한국에 전파된 양상을 위한 작업으로서 관련 작품에 대한 수집과 정리 및 분석을 진행하였는바 이는 관련 분야의 연구자들에게 필요한 자료와 논거를 제공해 줄 수 있다.

참고문헌

1. 1차 자료

정래동, 『丁來東全集Ⅱ· 評論篇』, 금강출판사, 1971.
정래동, 『丁來東全集Ⅲ· 創作·翻譯篇』, 금강출판사, 1971.
박재연, 김영복 편, 『梁白華文集1』, 지양사, 1988.
김철 외, 『김광주 문예 평론집(중국어판)』, 경인문화사, 2017.
賀玉波 저, 『現代文學評論集(上卷): 中國現代女作家』, 湖南文藝出版社, 2017.
김경남 편, 『일제 강점기 한·중 지식 교류의 실천적 사례로 본 김광주 작품집(한글
　　　편)』, 안나푸르나, 2020.

2. 단행본

1) 한글

이승희, 『병자삼인 외: 초기 근대희곡』, 범우사, 2005.
김영금, 『백화 양건식문학 연구』, 한국학술정보출판사, 2005.
김욱동, 『번역과 한국의 근대』, 소명출판사, 2010.
양은정, 『일제강점기 중국소설번역 연구』, 학고방, 2019.

2) 중문

黄英, 『現代中國女作家』, 北新書局, 1931.4.
李希同 편, 『冰心論』, 北新書局, 1932.
雪菲 편, 『現代中國女作家創作選』, 上海文藝書局, 1932.
草野, 『現代中國女作家』, 北平人文書店, 1932.
黄人影, 『當代中國女作家論』, 光華書局, 1933.
袁良駿 편, 『丁玲研究資料』, 天津人民出版, 1982.
舒榮 何由, 『白薇評傳』, 湖南人民出版社, 1983.

範伯群 편, 『冰心硏究資料』, 北京出版社, 1984.

孫立川 王順洪 편, 『日本硏究中國現當代文學倫著索引1919-1989』, 北京大學日本硏究叢
       書, 北京大學出版社 ,1990.

盛英 喬以鋼, 『二十世紀中國女性文學史』, 天津人民出版社, 1995.

錢理群, 『中國現代文學三十年』, 北京大學出版社, 1998.

張炯, 『丁玲全集』卷三, 河北人民出版社, 2001.

戴錦華 孟悅, 『浮出歷史地表:現代婦女文學硏究』, 中國人民大學出版社, 2004.

王翠艶, 『女子高等敎育與中國現代女性文學的發生–以北京女子高等師範爲中心』, 文化藝
       術出版社, 2007.

金哲, 『20世紀上半期中朝現代文學關系硏究』, 山東大學出版社, 2013.

張莉, 『中國現代女性寫作的發生』, 北京十月文藝出版社, 2020.

3. 논문

1) 한글

김시준, 「한국에서의 중국현대문학연구 개황과 전망」, 『중국어문학회』, 1997.

류진희, 「한국 근대의 입센 수용 양상과 그 의미-1920~1930년대 ‘인형의 집’ 을 중심
       으로」, 성균관대학교 석사논문, 2004.

박남용, 윤혜연, 「일제 시기 중국 현대소설의 국내번역과 수용」, 중국어문논역 총간
       제24집, 2008, pp.305-325.

박남용, 임혜순, 「일제 시기 중국 현대희극의 국내번역과 그 특징 연구」, 『중국학연구
       』 제50집, 중국학연구회, 2009, pp.429-459.

박남용, 박은혜, 「김광주의 중국 체험과 중국 신문학의 소개, 번역과 수용」, 『중국연
       구』, 2009.

張東天, 「日據末期韓國期刊登載 中國現代文學韓語譯文的背景及特點 - 以三千里月刊爲
       中心 -」, 중국어문농총 제43집, 2009.

김중하, 「1920~30년대 여성잡지와근대 여성문학의 형성」, 부산대학교 석사논문, 2010.

방평, 「정래동(丁來東) 연구 : 중국 현대문학의 소개와 번역을 중심으로」, 서강대학
       교 석사논문, 2012.

왕녕, 「식민지시기 중국현대문학 번역자 양백화, 정내동의 역할 및 위상」, 연세대 석
       사논문, 2013.

이승윤, 「삼천리에 나타난 역사기획물의 특징과 잡지의 방향성」, 인문학연구 제46집, 2013.

송인재, 「1920, 30년대 한국 지식인의 중국 신문화운동 수용 -양건식, 정래동, 김태준의 경우-」, 동아시아문화연구, 2015.

鄧倩, 「1910~1920년대 한국과 중국에서의 『인형의 집』 수용 양상 비교」, 고려대학교 박사논문, 2017.

김민승, 「『개벽』의 중국론과 근대인식: 이동곡의 중국 정치·문화 논설을 중심으로」, 성균관대학교 석사논문, 2016.

최진호, 「한국의 루쉰 수용과 현대중국의 상상」, 성균관대학교 박사논문, 2017.

주미애, 「가라시마 다케시(辛島驍)의 경성제대시기 中國 現代文學論 연구 - 조선급만주(朝鮮及滿洲) 所在 評論을 중심으로-」, 성균관대학교 석사논문, 2018.

王豔麗, 「二十世紀上半期韓半島對中國現代文學的譯介」, 한중인문학연구 제60집, 2018.

박진영, 「번역된 여성, 노라와 시스(西施)의 해방」, 민족문학사학회·민족문학사연구소, 2018.

이윤희, 「경성제국대학 부속도서관 내 백화체 문학 장서의 구성 연구」, 중국소설논총 제57집, 2019.

이웅, 뉴런제, 「재중 독립운동가 이달의 아나키즘 사상과 의식세계 - 《조선의용대통신》 및 《구망일보(救亡日報)》 기고문을 중심으로 -」, 『중국문학』, 2020.

이웅 뉴런제, 재중 아나키스트 독립운동가 이달의 중국현대문학 비평, 중국현대문학, 2020.

김경남, 「근대 유학생 담론의 지형 변화와 1920년대 중국 유학 담론 분석」, 한중인문학연구, 66, 167-187, 2020.

이재령, 「20세기 초반 在中留學生 丁來東의 신문학 인식과 전파」, 『歷史學硏究』 제82집, 2021.

전려원, 「양건식의 중국 희곡 번역과 노라 다시 쓰기 연구」, 성균관대학교 석사학위논문, 2021.

2) 중문

毅真, 「幾個中國的女作家」, 『婦女雜誌』, 1930.

張若谷, 「中國現代的女作家」, 『眞善美』, 1929.

任佑卿, 「現代家庭的設計與女性/民族的發現:從冰心 "兩個家庭" 的悖論說起」, 中國現代文學研究叢刊, 2008.

張莉, 「被建構的第壹代女作家的經典」, 中國現代文學研究叢刊, 2010.

王桂妹, 「"五四女作家群"的歷史構建曲線」, 『文學評論』 제6기, 2010.

郭景華, 「向培良 "人類的藝術" 文藝思想考論」, 『平頂山學院學報』 제29권 제6기, 2014.

廖太燕, 「賀玉波谫論」, 長沙理工大學學報(社會科學版) 제32권 제6기, 2017.11.

陳妮, 「在曆史中沈浮――1920年代以來淩叔華小說的傳播」, 武漢大學 碩士論文, 2017.

施小芳, 「純淨信仰, 堅守自我―丁玲 "左" 轉再思考」, 『理論觀察』 제1기, 2018.

譚桂林 聶家偉, 「賀玉波文學批評論」, 『湖南第壹師範學院學報』 제19권 제6기, 2019.

朱慧敏, 「金光洲『晨報』文學評論研究」, 山東大學 碩士論文, 2020.

LEE WOONG, 「20世紀上半期韓國的中國現代文學批評史研究」, 山東大學博士論文, 2020.

王艶麗, 「殖民地朝鮮京城帝大中國語文學系的中國現代文學研究」, 東北亞外語研究, 2020.

霍虹, 「中國現代女作家作品批評研究」, 遼甯大學 博士學位論文, 2021.

부록

〈부록 1〉일제강점기 한국의 중국여성 작가 관련 번역 목록

원작	원작가	번역제목	번역자	번역출처	번역연도
「一篇小說的結局」	氷心	「小說의 結局」	梁白華	『中國短篇小說集』 (開闢社)	1929.1
「傍晚的來客」	盧隱	「초어스름에 온 손 님」	梁白華	상동	1929.1
「花之寺」	凌淑華	「花之寺」	梁白華	상동	1929.1
		「花之寺」	朴啓周	『三千里』 제12권 제6호	1940.6.1
『春水』	氷心	『春水』	丁來東	「氷心女士의 詩와 散文」, 『新家庭』 제1권 제8호	1933.08
『繁星』	氷心	『繁星』	丁來東	「氷心女士의 詩와 散文」, 『新家庭』 제1권 제8호	1933.08
			尹永春	『人文評論』, 제3권 제1호	1941.1.1
「我的文學生活」	氷心		丁來東	「中國女流作家의 創作論과 創作經驗」,『新家庭』, 제2권제9호	1934.9
「江南月」	氷心	「江南月」	盧子泳	「詩歌에 나타난 靑年中國」,『新人文學』 제2권 제2호	1935
「文藝叢談」	氷心	「發揮個性表現自己」	丁來東	「中國女流作家의 創作論과 創作經驗」, 『新家庭』, 제2권제9호	1934.9
「我的創作生活」	丁玲		丁來東	상동	1934.9
「創作的我見」	盧隱	「創作的我見」	丁來東	상동	1934.9
「我投到文學圈裡的初衷」	白薇	「我投到文學圈裡的初衷」	丁來東	「白薇女士의 文學生活」,『新家庭』, 제3권 제7호	1935.7
「哀詞」	氷心	「哀詞」	林學洙	「新支那文學 特輯－支那 新詩壇」,『三千里』 제12권 제6호	1940.6.1
「他走後」	丁玲	「떠나간 後」	未詳	『三千里』 제12권 제8호	1940.9.1

〈부록 2〉 일제강점기 한국의 중국여성 작가 관련 평론 목록

제목	작가	출처	발표 시간	비고
「中國의 思想革命과 文學革命」	未詳	『東亞日報』 13회 연재	1922.8.22.-9.4	
「中國現文壇槪觀」	丁來東	『朝鮮日報』	1929.7.26.-8.11	
「中國新詩槪觀」	丁來東	『朝鮮日報』 16회 연재	1930.1.1.-1.25	
「文學革命後의 中國文藝觀」	天台山人 (金台俊)	『東亞日報』 18회 연재	1930.11.12.-12.8	
「中國尖端女性 맹렬한 그들의 활약」	未詳	『東亞日報』 5회 연재	1930.11.29-12.5	
「新興中國文壇에 活躍하는 重要作家」	金台俊	『每日申報』 17回 연재	1931.1.1-1.24	
「現代中國戱劇」	丁來東	『東亞日報』 8회 연재	1931.3.31.-4.14	
「中國文人의 受難과 榮譽 一九三一年上半期文壇秘綠」	(이)경손	『朝鮮日報』 3회 연재	1931.8.26.-8.29	
「움직이는 中國文壇의 最近相」	丁來東	『朝鮮日報』 10회 연재	1931.11.8-12.1	
「黑暗中의 紅光」	丁來東 譯	『東光』 제33호	1932.5.1	번역
「中國의 '짠닥크' 淸末의 秋瑾女史」	丁來東	『婦人 新女性』 제6권 제10호	1932.10	
「現代中國 新女性의 印象」	丁來東	『新家庭』 제2호	1933.2	
「藍衣社幹部에 死의 咀呪」	未詳	『朝鮮中央日報』 제2면 제6단	1933.6.19	
「冰心女士의 詩와 散文」	丁來東	『新家庭』 제1권 제8호	1933.08	
「中國의 女流作家」	丁來東	『新家庭』 제1권 제10호	1933.10	
「中國文壇現狀」	丁來東	『東亞日報』 2회 연재	1933.10.26.-10.27	
「中國現代 文人綺談」	梁白華	『朝鮮日報』 20회 연재	1933.10.12.-11.12	
「中國女流作家論」	金光洲	『東亞日報』 21회 연재	1934.2.24.-3.30	번역
「朱湘과 中國詩壇」	丁來東	『東亞日報』	1934.5.1.-5.3	

제목	작가	출처	발표 시간	비고
		3회 연재		
「中國 新文藝의 百花陣」	盧子泳	『三千里』 제6권 제7호	1934.6.1	
「中國文壇 雜話」	丁來東	『東亞日報』 4회 연재	1934.6.30-7.4	
「中國女流作家의 創作論과 創作經驗」	丁來東	『新家庭』 제2권 제9호	1934.9	
「注目을 끄으는 中國 백색테로 藍衣社解剖」	張繼青	『三千里』 제6권 제11호	1934.11.1	
「現代中國文壇의 十大女作家論」	李達	『東亞日報』 4회 연재	1935.1.16.-1.19	번역
「中國文壇의 現勢 一瞥」	金光洲	『東亞日報』 4회 연재	1935.2.5-2.8	
「中國新詩와 戱劇」[海外文壇消息]	李達	『東亞日報』 제3면	1935.3.1	
「中國文人 印象記」	丁來東	『東亞日報』 7회 연재	1935.5.1-5.8	
「中國女流作家 丁玲에 對하여」	朴勝極	『朝鮮文壇』 제23호	1935.5.26	
「白薇女士의 文學生活」	丁來東	『新家庭』 제3권 제7호	1935.7	
「中國文壇의 最近動向」	金光洲	『東亞日報』 6회 연재	1936.2.20.-2.26	
「中國의 [國防藝術](完) 文藝家協會의 結成」	金光洲	『東亞日報』 제7면	1936.7.23	
「魯迅追悼文」	李陸史	『朝鮮日報』 제5면	1936.10.23	
「現代中國新詩壇의 狀況」	尹永春	『白光』	1937.6	
「上海南京의 新女性, 우오른大學 教授에서 女巡査에 일으기까지」(소식)	未详	『三千里』 제9권 제5호	1937.10.1	
「動亂 中의 中國 作家」	金學俊	『三千里』 제12권 제4호	1940.4.1	
「現代支那의 女流作家」	李魯夫	『朝鮮日報』	1940.7.5	
「中國現代詩의 一斷面」	李陸史	『春秋』 제6호	1941.6.1	

제목	작가	출처	발표 시간	비고
「話題 朝鮮·內地·海外 話題—에 흘러 다니는—」(소식)	未详	『三千里』 제13권 제6호	1941.6.1	
「(支那 女流作家) 冰心·丁鈴의 作品」	朴天順 (朴勝極)	『三千里』 제13권 제12호	1941.12.1	
「戰爭中의 中國文藝」	荻崖	『大東亞』 제14권 제5호	1942.7.1	

中文摘要

殖民地朝鮮的中國現代女性文學接受研究

常景

東亞細亞學科

成均館大學

　　本研究的目的在于全面整理和研究殖民地朝鮮文壇對中國現代女性作家及其文學的接受情況，其價值不僅有助于理解當時朝鮮文壇的女性文學發展史，還在于有助于明確女性作家在近代文學中的地位以及女性文學的社會影響。爲了達到這樣的研究目的，該文立足于對實證資料和先行研究的探討，按類型對當時翻譯、介紹的中國現代女性作家的作品進行整理，根據譯者的思想傾向和創作特征，考察了其在翻譯、介紹過程中對相關作品的認識視角，並探究了接受的特征和意義，並以此整理之前壹直沒有受到學界關注的殖民地朝鮮文壇對中國現代女作家及其作品的接受過程的總體情況。

　　首先，按類型考察了中國現代女性文學作品在朝鮮文壇翻譯的情況。小說方面，表現出對新女性娜拉和現代性的關心。詩歌方面，翻譯並介紹了冰心白話文小詩集《繁星》和《春水》，他們翻譯的詩在内容和形式上擺脫了舊體詩的束縛。散文方面，大部分是翻譯並介紹女性作家本人的創作經驗，且集中于1930年代初期，這反映出譯者對新女性和新家庭的強調，以及對創造嶄新朝鮮社會的希冀。

　　第二，考察了對中國現代女作家及其作品的認識視角。具體而言，分析了丁來東和殖民地左派的文學觀及其對中國現代女性文學的看法。當時評論家們以冰心和丁玲作爲中國新女性的典型代表，對她們的評價存在部分分歧。冰心作爲寫白話詩的

女詩人, 在中國文壇具有獨壹無二的地位, 因此足以吸引對言文壹致的詩歌創作感興趣的丁來東的注意。丁來東對其在白話文運動做出的貢獻和新詩詩壇的地位給予了肯定評價。相反, 他對于丁玲相對評價並不高, 認爲其具有"愚弄男性, 無趣的傾向或墮落的傾向"。另外, 翻譯並介紹了社會主義者賀玉波文學批評思想的金光洲和李達, 以及向往革命文學的樸勝極批評冰心的"博愛"思想。相反, 對丁玲給予了肯定評價, 他們認爲丁玲基本以社會現實爲素材, 並將其巧妙地融入創作中。

通過研究可以看出, 殖民地朝鮮文人在類似的民族危機和社會困境中, 對中國現代女性文學的接受過程, 雖然彼此的文學觀存在差異, 但通過對其全面的文學批評, 表現出了改造社會和人生的強烈使命感和責任感。朝鮮的知識分子認爲, 朝鮮應該發展爲近代社會的憂患意識和政治變革的想法, 文學批評則爲改造社會和人生的工具。因此, 當時朝鮮的知識分子疏忽了女性作家作品中的女性意識及其生存體驗, 認爲女性作家所表現的"悲傷感情"是消極以及無意義的。由此可見, 殖民地時期的文人側重于以"階級立場"、"時代精神"、"思想價值"、"文學價值"來驗證中國女性文學作品中所具有的文學意義。

關鍵詞: 殖民地朝鮮文壇、中國現代女性文學、翻譯與評論、接受情況

상경(常景)

중국 허난(河南)성 핑딩산(平頂山)시에서 1995년에 태어났다. 2014년부터 2022년까지 성균관대학교 신문방송학과와 한국학학과 학부과정을 수료하고 학사학위(복수학위)를 획득하였으며, 동대학교 대학원에서 동아시아학과 석사과정을 마치고 문학석사학위를 획득하였다. 2023년부터 중국 후난사범대학교(湖南師范大學校) 아시아-아프리카 언어문학학과 박사과정을 수료하는 중이다. 주요 연구분야로는 페미니즘문학과 중한비교문학이다.

일제강점기 한국의 중국 현대 여성 문학의 수용과 평론

2024년 08월 01일 초판 인쇄
2024년 08월 08일 초판 발행

지 은 이 상경
발 행 인 한정희
발 행 처 경인문화사
편 집 부 한주연 김지선 김숙희
마 케 팅 하재일 유인순
출판신고 제406-1973-000003호
주   소 (10881) 파주시 회동길 445-1 경인빌딩 B동 4층
대표전화 031-955-9300   팩 스   031-955-9310
홈페이지 http://www.kyunginp.co.kr
이 메 일 kyungin@kyunginp.co.kr

ISBN 978-89-499-6815-5   93800
값 20,000원